スパイ教室 09

《我楽多》のアネット

草原
code name
百鬼
code name

少女潜伏中……？

花園
code name
愛娘
code name

スパイ教室09
《我楽多》のアネット

竹町

ファンタジア文庫

3273

口絵・本文イラスト　トマリ
銃器設定協力　アサウラ

SPY ROOM

the room is a specialized institution of mission impossible

last code garakuta

CONTENTS

004 人物紹介

008 プロローグ 十三日目（前編）

027 1章 島民編

104 2章 海軍編

183 3章 海賊編

250 エピローグ 十三日目（後編）

279 NEXT MISSION

331 あとがき

CHARACTER PROFILE

愛娘
Grete

ある大物政治家の娘。
静淑な少女。

花園
Lily

僻地出身の
世間知らずの少女。

燎火
Klaus

『灯』の創設者であり、
「世界最強」のスパイ。

夢語
Thea

大手新聞社の
社長の一人娘。
優艶な少女。

灰燼
Monika

芸術家の娘。
不遜な少女。

百鬼
Sibylla

ギャングの家に
生まれた長女。
凛然とした少女。

愚人
Erna

元貴族。事故に頻繁に
遭遇する不幸な少女。

忘我
Annett

出自不明。記憶損失。
純真な少女。

草原
Sara

街のレストランの娘。
気弱な少女。

Team Otori

凱風
Queneau

鼓翼
Culu

飛禽
Vindo

羽琴
Pharma

翔破
Vics

浮雲
Lan

Team Homura

紅炉 **Veronika**	炮烙 **Gerute**	煤煙 **Lucas**
灼骨 **Wille**	煽惑 **Heidi**	炬光 **Ghid**

Team Hebi from ガルガド帝国

翠蝶

白蜘蛛　蒼蠅

銀蟬　紫蟻

藍蝗　黒蟷螂

『CIM』from フェンド連邦

『Hide』ーCIM最高機関ー

呪師 **Nathan**　魔術師 **Mirena**

他三名

『Berias』ー最高機関直属特務防諜部隊ー

操り師
Amelie

他、蓮華人形、自壊人形など

『Vanajin』ーCIM最大の防諜部隊ー

甲冑師 **Meredith**　刀鍛冶 **Mine**

Other

影法師 **Luke**　索敵師 **Sylvette**　道化師 **Heine**　旋律師 **Khaki**

プロローグ　十三日目（前編）

《マルニョース島は、ライラット王国北西の離島である。

首都ピルカから電車で三時間、あるいは、レジアーヌ空港からバスでクアイ港まで向かう。そこからフェリーで一時間ほど移動すれば到着する。

この島の歴史は、ガルガド帝国、フェンド連邦、ライラット王国といった大国のパワーバランスの変遷そのものである。三国の中間にあるこの島は、戦争のたびにフェンド、ライラット、ガルガドと三ヵ国の間で移譲され、島民は翻弄されてきた。

大戦以前はガルガド帝国が所有していたが、世界大戦時に、ライラット王国のグラニエ中将が占領した。現在は講和条約の下、ライラット王国の領土となっている。

主な観光名所は「天使が踊る砂浜」と称される『カンフェザービーチ』、入り組んだ洞窟の多さから海賊が隠れ家にしたという伝説が残る『ケロンヌ洞窟群』。

また島民人口は二千弱という小さな島ではあるが、前述した歴史の事情から、ライラット王国の海軍基地があり、海軍基地周辺には軍人向けの施設も並び、名産の海産物を始めとしたうまい肴を出す飲食店、ライラット王国首都顔負けのハイクラスなナイトクラブもある。何日遊んでも飽きないはずだ。（詳しくは、次ページで紹介しよう）
大自然に心洗われるもよし、街で派手に遊ぶもよし。
訪れれば、最高のリラクゼーションが約束されている。よい、バカンスを！》

以上、観光ガイド『旅行マニアこそ知る世界の魅惑　ライラット王国編』より抜粋。

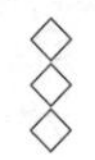

沈みゆく夕陽を眺めながら、クラウスはデッキチェアでアイスティーを飲んでいた。観光ガイドで「天使が踊る砂浜」と称されていたカンフェザービーチは、前評判以上の美しさを備え、目の前に広がっている。昼間は透明に等しい青さを持った海が、次第に黒紫へ変化していく様を眺め続けていた。

やがて隣に、桃色や黄色などカラフルに染められた髪の女性が腰を下ろした。濃いアイシャドウで化粧をした、奇抜ともいえる容姿。年齢は分からない。ただ異様な外見でありながらあらゆる国に潜む、その熟練した技術から経験の厚さが窺える。

「お前はどこにでも来てくれるな、『海鳴』」

「それがお仕事だからーねーぇ」

クラウスの呟きに、女性は酒焼けしたような、しゃがれた声で返した。

ディン共和国のメッセンジャーだ。本国から離れたスパイに直接情報を届けることが生業。普段は街に潜みながら会話をするのだが、人目のないプライベートビーチとあって堂々とクラウスの横に現れている。

『海鳴』は語りだした。

「《ゲルデの遺産》の解読が終わった。雨水のせいで多くはダメになっていたみたいだよ。読めたのは一部だーけ。大方は既にキミが読んでいるやつだ」

《ゲルデの遺産》――それは『灯』がフェンド連邦で見つけた機密文書だった。ディン共和国伝説のスパイチーム『焔』のメンバー、『炮烙』のゲルデが生前に集めていた情報。

残念ながらクラウスたちが見つけた時点で、地下室に沁み込んだ雨水で汚れ、大半はインクが滲んで読めなくなっていた。すぐに本国の解読・修繕チームに渡し、できる限りの解読を頼んでいたが、難しかったようだ。

ただ読めた一部だけでも、値千金の内容だった。

「――《暁闇計画（ノスタルジア・プロジェクト）》は、ライラット王国から提言された」

『海鳴』が口にする。

《ゲルデの遺産》に記されていた内容の一つだった。

――世界恐慌（きょうこう）。そう名付けるに相応（ふさわ）しい金融危機がいずれ起こる。

――大戦の反省から国際協調を目指していた各国は、方針を一変させるだろう。

――各国の権力者たちは、時代の潮流を察知し、ある計画を進め始めた。

――第二次世界大戦が勃発する。

――《暁闇計画》はその備えである。

まるで薄気味悪い予言のようだが、一笑に付すことはできない。おそらく、この計画を巡り『焔』は壊滅し、各国の諜報（ちょうほう）機関に大打撃をもたらす『蛇（へび）』が創設された。暗殺された世界第二位の大国フェンド連邦の皇太子も、これに関わっていたとされる。

また《ゲルデの遺産》には、他の情報も記されていた。

――関与していると思われるのは、ムザイア合衆国、フェンド連邦、ライラット王国の三国。首脳、国王、軍部総統クラスの権力者。

――話を持ち掛けたのは、ライラット王国の首相と推察される。

ライラット王国はディン共和国に隣接し、歴史的にも密接な交流がある大国だ。先の世界大戦ではフェンド連邦と共にガルガド帝国を打倒し、今なお世界中に植民地を持つ。

クラウスは頷(うなず)いた。

「ライラットか……僕もよく顔を出していたが、そんな話は聞いたこともないな」

「あぁ、そしてこれは報告だぁ」

『海鳴』が一枚の紙を差し出してきた。

「『JJJ(トリプル・ジャック)』がようやく奴(やつ)から情報を絞り出してくれたぁ。『紫蟻(むらさきあり)』——奴の正体は、ライラット王国のスパイらしいさぁ。コードネームは『デイモス』」

「……そうか、アイツも元は別の組織か」

かつてクラウスが自ら仕留めたスパイだ。

ムザイア合衆国の首都ミータリオに潜伏し、長期にわたる国際会議の場で次々とスパイたちを殺していった、凶悪な男。拷問により一般市民を暗殺者に変える技能を持ち、無限に湧くかのような暗殺者を操り、多数のスパイを殺していった。

「気になってはいたんだ。トルファ経済会議での殲滅(せんめつ)。その際、ライラット王国のスパイの被害が少なかったようだが……」

「アイツらは気づいていたのかもねぇ。ミータリオが死地と化したと」

そういう事情なのかもしれない。

ディン共和国では『紅炉』、フェンド連邦では『レティアス』チーム全員が亡くなった。ビュマル王国やムザイア合衆国の名だたるスパイも殺されたそうだが、ライラット王国だけはあまり情報が上がってこなかった。

『海鳴』は報告を続けた。

「ただ、『蛇』があの大国を野放しにするはずがない。代わりに別のスパイを送り込んでいたみたいだねぇ」

「……別のスパイ？」

「ライラットに忍ばせているスパイから報告があったよぉ。三本の右腕を持つ大男が、ライラット王国の諜報機関に大打撃を与えたとさぁ」

その分かりやすすぎる特徴に当てはまる人物は、一人しかいなかった。

――『黒蟷螂』。

ディン共和国のスパイチーム『鳳』を壊滅させ、そしてフェンド連邦の諜報機関ＣＩＭのスパイを殺しまくった『蛇』の一員。改造された腕からは、銃弾さえ弾くほどの衝撃波が放たれるという。正面からの戦闘では殺せぬ者はいない程の破壊力を有する男。

「改めて思うが」クラウスは息をついた。「本当に厄介な奴らだよ、『蛇』。一人一人が各国の諜報機関を脅かす程の力を宿している」

「まったくだーねぇ。この『黒蟷螂』ってやつは今、どこにいるんだか」

「だが敗れたんだろう？」

「んー？」

「いくら『黒蟷螂』とやらが強かろうと、ライラット王国の諜報機関に正面から喧嘩を売るなんて、正気の沙汰じゃない。どこかの段階で敗走したんじゃないか？」

「んー、さすが燎火くん。分かっちゃうかぁ」

「当然だ。ライラット王国には、あの女がいる」

直接の面識はないが、名声だけは轟いている。基本隠密行動を尊ぶスパイ界隈では、名が知れ渡ることはある種不名誉であり、まずありえない。『燎火』のクラウスでさえ顔と名が轟いたのは、ここ近年だ。

知名度だけならば「世界最高のスパイ」と謳われた、『紅炉』と双璧を成す存在。

「――コードネーム『ニケ』。ライラット王国に君臨する、最強の防諜屋」

武器は身長を超えるほどの、巨大な槌だという。

それだけ聞いても冗談のようにしか思えない。しかし、彼女はそれを自在に操り、銃弾を弾き、敵の脳天を破壊し、金庫を砕いていくという。ほぼ個人の働きだけで、何十以上の反政府組織を仕留めたという。

『黒蟷螂』の戦闘能力は不明だが、さすがに『ニケ』相手では分が悪いはずだ。

認めたくはないが口にする。

「『炬光(きょこう)』のギード——僕の師匠と並ぶ戦闘技術を有し、『紅炉』のフェロニカ——僕のボスに引けを取らない洞察眼を持つ。世界大戦でも活躍したバケモノみたいな女だ」

海鳴は静かに頷いた。

「『常勝無敗の諜神』——いまやそう呼ばれている」

諜神か、とクラウスは呟いた。

自然と思い出した。このバカンス直前にCから命令されていたことを。

◇◇◇

——ディン共和国諜報機関『対外情報室』本部。

フェンド連邦の任務から帰国後、クラウスは室長であるCに呼び出された。提出した

《ゲルデの遺産》は大きな衝撃をもって迎えられ、共和国の首脳たちも交え、上層部は議論に明け暮れたらしい。判断の是非に一週間を要したようだ。

室長室にクラウスが訪れると、猛禽類のような鋭い目つきのロマンスグレーの男、Cがいつになく険しい瞳でクラウスを見据えていた。

「普段ならば不味いコーヒーを振る舞ってくるが、幸い、その余裕もないようだ。

「《暁闇計画》というものは聞いたことがないな。首相、外務大臣や海軍大将にも直接資料を見せたが、誰もが愕然としていたよ」

そう、Cは口にする。

『焔』のボス――『紅炉』のフェロニカが知らなかったはずもないが、彼女はこの情報を上層部にさえ伏せていたようだ。Cいわく、彼女は独自の判断で動くことの多いスパイだったらしく、彼女らしいと言えば彼女らしいが。

Cは大きく息をついた。

「信じたくもないが、『炮烙』のゲルデが残した情報だ。誤りとは思えない。まさかムザイア合衆国、フェンド連邦、ライラット王国、列強三国が次なる世界大戦に向けて、共同のプロジェクトを動かしていたとはな」

「だが意外ではない。最悪のケースを想定しない国家などないからな」

「あぁ。もちろん我が国だって同じだ。軍縮を進めこそすれど、有事に対応できるよう戦力は整えている」

「……陸軍のバカ共が生物兵器を開発していたこともあったな」

生物兵器――『奈落人形』。

クラウスにとっては、忘れられない事件だ。かつてガルガド帝国に奪われた兵器。実際は当時各員バラバラにそれを取り返す最中に『焔』は壊滅した。

世界大戦は各国に傷跡を残したが、それでも尚、次なる戦争を準備する者はいる。

今思えば『奈落人形』の件は、その常識を再確認させられる出来事だった。

「まんまと使われたようだな」

クラウスは壁に貼られた世界地図を睨みつける。

「僕らにガルガド帝国を見張らせ、列強三国は陰で計画を進めていたなど」

多くの優れたスパイを輩出し、またガルガド帝国に隣接しているディン共和国は『スパイ強国』として帝国の警戒を担わされていた。情報の対価として各国に経済支援を約束させていたが。

「他国の諜報機関はこの計画について知っているのか？」

Cからの質問に、クラウスは正直に「分からない」と返答した。

「少なくともＣＩＭの幹部であった女性は、知らなかった。僕たちがここまで得られなかった以上、本当に極一部で進められていた計画だろう」

『操り師』と呼ばれるアメリという女性スパイを思い出した。彼女はＣＩＭ内でかなりの地位にいたはずだが、《暁闇計画》も『蛇』のことも知らなかった。最終的には全てを知り『蛇』につく判断をしたようだが。

「――座して待つわけにはいかない」

Ｃが強く宣言した。

「世界に大きな変革が起きようとしている。我々ディン共和国が後れを取ることはあってはならない。『燎火』――命令だ。《暁闇計画》の全貌を入手しろ」

それはクラウスにとっても望むところだった。

あと少しで『焔』壊滅の真相まで辿り着こうとしている。『焔』が愛した祖国を守るため、引き下がる訳にはいかない。

「ただ、確実に摑もうとするならば――」

「――いや」Ｃがクラウスの言葉を遮った。「『ニケ』とは争うな」

抗議の意を込めてＣに視線をぶつけた。

《暁闇計画》の全貌を得るならば、発端となったライラット王国を探るのがもっとも近道

だ。ゲルデは『ライラット王国の首相が発端』と推察している。

たとえ、それを阻む者が『ニケ』だろうと関係ない。

「負けはしないさ。僕は『世界最強のスパイ』を自負している」

「だからこそだ。ディン共和国最強の切り札を失うリスクなど取れない」

「…………」

「やがて激動に巻き込まれるディン共和国に、キミは必要不可欠だ。安易に『ニケ』とぶつけて失えば、国の危機に直結する」

憤りの感情はあるが、怜悧な理性が正論だと認めていた。

――確証はない。果たして『燎火』のクラウスは『ニケ』に勝るのか。

『ニケ』と直接争ったことはない以上、不確定要素は常にある。絶対など言い切れない。

「任務にあたって、一つ条件を加える」

黙るクラウスに追い打ちをかけるように、Cが口にした。

「おそらくキミにとっては、大いに悩ましい条件だろうがね」

◇◇◇

Cとの会話を思い出し、クラウスは再び目の前の海を見つめた。

ここからは直接見えないが、海の向こうにはライラット王国の首都があるはずだ。芸術的な街並みで彩られる、美しく高貴な国。

――『灯』の次なる任務地。

——もしクラウスがCの出した条件を飲むのならば。

迷いは消えない。世界は大きなうねりを伴って、変わろうとしている。その変化の流れを摑むことがスパイの使命。それを理解しても尚、躊躇われる。

『常勝無敗の謀神』――そんな相手に『灯』はどうすれば立ち向かえるのか。

「迷っているねーぇ、燎火くん」

『海鳴』が喉の奥で笑うような声を漏らした。

「先輩はねーぇ、苦悩する美青年が大好きなんだよ」

「知りたくもなかった情報だな」

「実はファンなのさぁ、燎火くんのね。だから遥々来たんだよぉ」

横を見ると、『海鳴』はデッキチェアから立ち上がり、馴れ馴れしくクラウスの肩を撫で、首を抱くように腕を絡めてきた。酒臭い息がかかる。

「解読できた《ゲルデの遺産》の一部。それは、ある双子に関する愚痴だった」

「双子？」

「あぁ、変な連中さ。『焔』が壊滅する直前、彼らはライラット王国で活動していたらしい。目的は分からないが」

『海鳴』は愉快そうに詳細を明かしてくれた。

クラウスは愕然としていた。文書で述べられている双子が誰かは明らかだ。

──『煤煙』のルーカス。千戦無敗のゲーム師。

──『灼骨』のヴィレ。未来を見通す、天才占い師。

世界大戦時からいる『焔』のメンバーであり、クラウスの兄貴分に当たる二人だ。

「あの二人が、ライラット王国に潜伏していた……？」

意外な事実だった。

『焔』壊滅時、クラウスは『焔』から遠く離れた国で任務をしており、彼らの動向をまったく知らない。二人はライラット王国にいたのか。

クラウスが息を呑んでいると『海鳴』はその反応を期待していたかのように笑った。

「ムザイア合衆国は、好景気に見舞われている。大企業が次々と銀行から金を借りて、世界中から資材や原料を買っている状態だ。遠くない未来、破綻する。合衆国に依存している国々もまた、巻き込まれていくだろうね。世界的な経済恐慌が起きるのさ」

いつになく真剣な眼差しで『海鳴』は告げてきた。

「タイムリミットは近い。後悔だけはしないよう、メッセンジャーとして願うよぉ」

そう口にして『海鳴』は去っていった。

このマルニョース島には『灯』全員で訪れていた。

いわゆるバカンスを過ごしていた。二週間の離島生活。

フェンド連邦の任務では、全メンバーが死線をかいくぐり、心身共に大きな負担がかかっていた。クラウス自身、両脚の怪我は完治していない。『灯』は一度スパイという職務から離れ、身を休めるための期間が必要だった。

行く先は、クラウス自身が指定した。

クラウスにとって、このバカンスには別の意味があったのだ。

自身の選択を見定め、そして、それを『灯』の部下に伝えるための余暇。離島で身を休めながら、ずっと頭を悩ませ続けていた。

——そして瞬く間に十三日目。バカンス最終日前夜を迎えていた。

日が沈み終わった頃に、『灯』の少女たちは浜辺に集まってきた。

それぞれ充実したバカンスを過ごしたらしく、楽し気な笑みを見せている者が多い。中には、げっそりと疲れ切り肩を落としている者もいるが、とにかく濃い時間を過ごしたようだ。

集合時刻となっていた午後六時、リリィがばたばたと走ってやってきた。彼女はひどく疲れた顔をしていたが、仲間を見ると、顔を輝かせる。

「おー、久しぶりに全員集合ですね！」

そんな笑顔を振りまきながら、くるくると回っている。他の少女たちも楽し気にリリィを迎え、肩や腕をぺしぺしと叩いていった。

「島生活最後の夜、パーッとはしゃぎましょう！」

「「「「「「「おおおおおおおおおぅっ！」」」」」」」

リリィが訪れたところで、一気に宴会ムードとなっていく。

これからは全員でバーベキューをする予定だった。

クラウスは、そんな少女たちをじっと見つめる。バカ騒ぎをする前に、告げなくてはならなかった。どんなに苦しい決断であったとしても。

――『灯』の行く末。そして、このバカンスの真の目的。

それを告げようと口を開いた時、ふと別のことが気にかかった。

「――ん？　アネットはどこにいるんだ？」

「「「「「「「えっ……？」」」」」」」

七人分の疑問が返ってきた。

どんなに見渡してもビーチには、クラウスと七人の少女しか存在しない。常に薄っぺらい笑顔を振りまいている灰桃髪(はいももがみ)の少女――『忘我(ぼうが)』のアネットがいなかった。

もう集合時間は過ぎている。

「んん？」リリィが首を捻(ひね)った。「集合場所を忘れてしまったとかですかね？」

「いや、アネットに限ってそんなことはないと思うが」

なにせ記憶力は抜群である。一度見聞きしたものは忘れない。

その後、クラウスたちはビーチ周辺を捜索したが、彼女を発見できなかった。大声をあげても、お菓子で釣ろうと叫んでも、見当たらない。

――アネットが泊まっていたペンションにもいない。

――集合時刻を一時間過ぎても、やってこない。

――島民に尋ねても、昨晩からの目撃情報は一つも出てこない。

つまるところ、結論は一つ。


「「「「「「アネットが消えたあああああああああああっ!?」」」」」」


『忘我』のアネット、行方不明である。

「あの問題児め………………」

クラウスは額を手で押さえた。

これから大事な話をするつもりだったが、そんな空気でもなくなってしまった。まずはアネットを見つけなければならない。

が、この広い島を虱潰しに探すのは、あまりに効率が悪すぎる。

クラウスたちは一度ビーチに戻り、置かれていたテーブルを囲むように腰を下ろした。

「仕方がない。まずは情報を集めていこう。全員順番に語ってくれ。このバカンス中、アネットが一体どこによくいたか」

「な、なんだか変な流れになってきましたね……」と苦笑するリリィ。
「まったくだ」とクラウスは心の底から同意した。
これは、恋と危険と冒険いっぱいな『灯』のバカンスの物語。
消えたアネットの行方、そして『灯』の未来を定めるための話が語られていく。

1章　島民編

――バカンス一日目。

『灯』の少女たちは目の前に現れた光景に吠えていた。

「「「「「「「海じゃああああああああああああああいっ‼」」」」」」」

マルニョース島西海岸にある、カンフェザービーチだ。

新雪のように白く柔らかな砂浜が広がり、奥にはマリンブルーの美しい海が、太陽を照り返して光り輝いていた。砂浜には大きなパラソルが立ち、その下には木製デッキチェア。足元の木樽には、氷水で冷やされた瓶ジュースが山のように用意されている。

『灯』は初日、このビーチの一部を貸し切っていた。

少女たちは歓声をあげ、上着を脱ぎ捨て、下に着込んだ水着姿で飛び出していく。

真っ先に海の中に入っていったのは、『花園』のリリィ。愛らしい顔と大きなバストが特徴の銀髪の少女は、白い花柄のビキニタイプの水着を纏い、波に正面から体当たりをかましていった。

「うおおおおっ！　このリリィちゃんに続けえええええっ！」

「俺様っ！　海なんて初めてですっ！」

「ア、アネット先輩は怪我が完治していないので、無理は禁物っすよ！」

その後にはアネットとサラが続いた。

『忘我』のアネット――大きな眼帯と乱雑に縛ったツインテールが特徴の、灰桃髪の少女。彼女はぴったりとした黒いワンピースの水着を着て、海水に顔面をつけていく。

『草原』のサラ――小動物のようなくりくりした瞳と、天然パーマの茶髪の少女。普段被っているトレードマークの帽子は外して、フリルがついた水着を着ている。彼女の後には、興奮した様子で鷹や犬が付いてくる。

リリィとサラは声をあげながら、水をかけ合った。水温はちょうどいい。照り付ける太陽のおかげで、少し温かいくらいだ。

直後、うおっ、というアネットの声が聞こえてきた。

「俺様っ！　泳げねぇですっ！」

「「えぇっ!?」」

「怪我のせいでうまく動けませんっ……！　一生の不覚ですっ」

さっそくブクブクと沈んでいくアネットを、リリィが慌てて引き上げ、サラが「旅行中も安静っすよぉ！」と声をかける。


海で遊び始める少女たちの後方では、ティアが呆れた笑みを浮かべていた。

『夢語』のティア——凹凸に富んだ優艶な姿態と、艶やかに伸ばした黒髪の大人びた少女。彼女は布地の少なく、かつオフショルダーの際どいビキニの紐を直しながら頷いた。

「まったくはしゃぎすぎね。まずは日焼け止めを塗らないと、肌を傷めちゃうわ」

彼女は防水バッグからボトルを取り出して、微笑む。

「——エロい時間ね」

「どんな思考してんだ!?」

律儀にツッコむのは『百鬼』のジビア——ナイフのように鋭い威圧的な眼光、引き締まった体躯が特徴的な少女。彼女は筋肉が浮き出る腹を露出させた、タンクトップビキニ。

ティアはボトルを握ったまま、目線を左右に動かした。

「クラウス先生はどこっ⁉　今か今かと待ち構えている私を放置して、一体どこへ？」

「あたしが塗ってやっから転がっとけ」

問答無用でジビアは、ティアの尻を蹴り上げ、その場に横たわらせる。日焼け止めのボトルを受け取り、それを手の上に広げようとして——。

「……あっ、迂闊に触らない方が良いわ。媚薬成分もあるから」

「なぜ、それを自分に塗ろうとしたっ？」

ジビアはボトルの中身を直接、ティアの背中にぶっかけた。

砂浜から少し離れた岩場では、海から早々に出たモニカが磯釣りを始めていた。

『氷刃』改め『灰燼』のモニカ——蒼銀髪をアシンメトリーにさせた髪形を除き、特徴の乏しい中肉中背の少女。彼女は水着の上にパーカーを羽織り、フードで顔を覆っている。

「たまには良いよね。こういうマッタリとした時間も」

「エルナ、大物を釣り上げてみせるの」

モニカの隣で鼻を鳴らしているのは『愚人』のエルナ——精巧な人形のような白い肌と美しさを備えている、小柄な金髪の少女。可愛げのあるフレアトップの柄物の水着を纏い、またすぐに海へ入れるような格好で、釣竿を握っている。

エルナが何度か釣竿を上げ下げしていると、途中、何かに引っかかったような感覚を抱き、急いで釣竿を持ち上げた。

「かかったの！」

釣り糸の先に引っかかっていたのは、長靴だった。

「………不幸」

「そんなベタなことある？」

くすりと笑うモニカの隣で、エルナは頬を膨らませながら再度、釣り糸を垂らす。

「また、かかったの！」

引き上げた釣り糸の先に引っかかっていたのは、また長靴だった。

しかも一回目に釣った長靴と同種同サイズ。

「逆に凄くないっ⁉」目を剝くモニカ。

「こ、この場合、幸運なの？　まさかの長靴のペアが完成したの……！」

長靴は海水に浸かっていた割には、ほとんど新品だった。ふと思い立ったように、エルナが履いてみたが、サイズが合わない。

エルナは一度脱ぐと左右揃った長靴を並べて、モニカに差し出した。

「モニカお姉ちゃんにプレゼントするの」

「…………………………………どうも」

納得いかない表情でモニカは受け取る羽目になる。

【モニカは、長靴をゲットした！】

――と、とにかく海で騒ぎ回るメンバーを、赤髪(あかがみ)の少女は穏やかに見つめていた。『愛娘(まなむすめ)』のグレーテ。四肢が細く、ガラス細工のような儚(はかな)さを纏っている。彼女はパラソルの下に移動し、デッキチェアに腰をかける男性に声をかけた。

「……ボスは泳がれないのですか？」

「まだ右脚が完治していないからな。様子を見るよ」

クラウスだった。珍しくスーツ姿ではなく、半ズボンにシャツ一枚と涼し気な格好をしていた。シャツの襟元から除く鎖骨のラインが、妙に色っぽい。

彼はデッキチェアに足を伸ばして座り、事前に用意されていたアイスティーを飲んでいた。表情はいつになくリラックスしており、頬が僅かに緩んでいる。

「少し寝る。ここまでゆっくりと休暇を過ごすのは、数年ぶりだな」

ディン共和国最強のスパイには、心労も多いだろう。『焔(ほむら)』が壊滅する前も忙しかったというし、それ以降も丸一日休める機会がどれだけあったか。

クラウスは静かに目を閉じ、眠り入ろうとしていた。

「…………………」

グレーテはそんな想い人の姿を複雑な心地で見つめていた。

すぐに休んでほしいが、少しくらいは――。

「グレーテ」

クラウスが一瞬、目を開いた。

「その水着、よく似合っているよ。せっかくだから、泳いで来たらどうだ？」

「――‼」

かけて欲しかった言葉を言われ、震えてしまう。

グレーテが着ているのは、太陽のように明るいオレンジ色の水着。パレオで腰元を飾り、胸元はハイネックデザインで隠している控え目な造り。クラウスに見てもらいたくて、バカンス直前に張り切って買ったのだ。

クラウスは再び瞳を閉じ、静かな寝息を立て始める。

（…………ボス）

褒められるのを待っていた、面倒くさい女だと思われているかもしれない。そんな心配もあったが、それ以上に心には温かな感情が込み上げてくる。

「〜〜〜〜♪」

思わず鼻歌さえ零れそうになる。

（やはり！　ボスとわたくしは両想いなのかもしれません……‼）

そう、実は彼女、『灯』の誰よりも浮かれていた。

モニカから告げられた言葉の影響がここに来て表れ始めていたのだ。

『クラウスさんが一番愛しているメンバーはキミだよ、グレーテ』

フェンド連邦の任務中、一時『灯』を裏切ったモニカは、クラウスをもっとも動揺させる相手としてグレーテを誘拐した。そして、選ばれた理由は実に幸福なものだった。

（……推測に過ぎないのは理解していますが）

グレーテは、安らいでいるクラウスを見つめる。

（しかし、あのモニカさんがここまで断定する以上は——！）

期待してはいけない、と頭では分かっている。

グレーテは一度、クラウスに『恋愛をする気はない』と拒絶されている。そんな人間が、なお愛情を示してくるだけで嫌悪感を抱かれてもおかしくない。

だが、それでも浮き立つ感情を抑えきれなかった。

「〜〜〜〜〜〜〜〜♪」

この照り付ける太陽と青々とした海が、理性をとろけさせてしまう。

（ティア師匠から教わりました。この熱こそが、男女の距離を近づける！　昼間は一緒にビーチではしゃぎ、やがて水平線に沈んでいく夕陽を見つめて切なさに胸が締め付けられる。つい隣にいる相手の手を握り、そして夜は……！　翌朝、シーツに包まりながら『昨日は楽しかったね』とはにかみ合う。それがバカンスというものだと！）

かくしてグレーテはめくるめくアバンチュールな妄想を繰り広げていたのだが――。


「ん？　俺様、なんだか視線を感じます！」

アネットの素っ頓狂な声が聞こえてきた。

他の少女たちも「ん？」と反応し、アネットが「アイツですっ！」と指す方向を見た。

そこには見るからに不審な男性が立っていた。貸し切っているエリアギリギリの場所に、ワイシャツ姿にサングラスをかけた男が立ち、口元をいやらしく歪めている。

「あの男、なんだか気になりますっ」アネットが不愉快そうに頬を膨らませている。

「ふふっ、仕方ないわ」全身ローション塗れのティアが肩を竦める。「こんな美しき乙女たちがビーチにいるんですもの。ウンディーネと見紛ったのかしら」

「……確かに不愉快だな。僕が追い払っておくよ」

目を開けたクラウスが颯爽と立ち上がった。

仮眠を中断して、すぐにクラウスは不審な男の下に向かう。男はクラウスが歩み寄って

くるのを見て、焦ったように顔を歪め、すぐ立ち去っていった。

やはり少女たちの水着姿を一目見ようと来た、変質者なのだろうか。

「まったく。全員で過ごせる、貴重な一日目だというのに」

そんなクラウスの溜め息のような言葉を聞くと、グレーテの胸がざわめいた。

（……そうでしたね。胸を弾ませるだけではいけませんね）

再びデッキチェアに寝転がるクラウスに視線を下ろした。

（――ボスは大きな悩みを抱えている）

グレーテは彼の寝顔を見つめ、胸の前でぐっと手を握りしめる。

――このバカンス中に、少しでもクラウスの心に近づきたい。

自分はただの恋する乙女ではない。スパイとして彼の支えになりたいという願望もまた、

大切な本心だった。

　クラウスがこのバカンスに休養以外の意図を秘めているのは明らかだった。

　バカンス一日目の朝、マルニョース島に行くフェリー内で、クラウスは仲間を全員部屋に集めた。島上陸に向けてウキウキしていた『灯』の少女たちは、不思議そうに視線をぶつけ合い、彼の部屋に集った。

　彼はいつになく真剣な表情で口にした。

「今日から離島でバカンスを過ごす訳だが、一つルールを設けたい」

「「「ん……？」」」

「――全員で集まっていいのは、一日目、十三日目、十四日目のみだ」

　少女たちが首を傾げたのも無理もないことだった。

　離島での具体的な計画を立てていた訳ではないが、さすがにこの制限の意味は分からない。十四日目は帰国する日なので、メンバーが集えるのは実質二日だけだ。

　全員の疑問を代弁するようにリリィが声をあげた。

「ま、ずーっと全員一緒に行動しなくても、とは思っていますが……なぜに？」

「それに関しては」クラウスは呟いた。「十三日目の夜に明かそうと思っている」

「…………？」

グレーテは彼の声に混じった、微かな翳りに気が付いた。まるで追及から逃れるように彼が少女たちから目を逸らす。その光景が、忘れられないでいる。

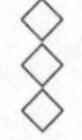

バカンス一日目は、瞬く間に夜を迎えた。

ビーチから宿までの道、『灯』の少女たちはぐったりと疲れ果て、背筋をだらしなく曲げて歩いていく。多くの少女がふらふらと体幹が揺れていて、今にも倒れそうなほど不安定だった。

中でも一際、ダルそうに歩いているのがリリィである。

「さ、さすがに疲れましたぁ……」

「……リリィさんは、一日中泳いでおりましたからね」

グレーテは、リリィが持っている鞄を肩代わりしてやった。

結局『灯』の少女たちは昼から日が沈むまで、ノンストップで遊び続けていた。水泳競争やビーチフラッグ、サーフィンを試し、あっという間に夜となっていた。

やはりフェンド連邦の任務は、彼女たちに大きなストレスを与えていたようだ。羽目を外さなければいられなかったのだろう。

リリィは魂が抜かれたような足取りで進んでいたが――、

「がっ‼」

――と目的のペンションが見えてきたところで、しゃきっと背筋を伸ばす。

「夜はこれからっ！　皆で御馳走じゃあああああいっ‼」

「……このペースで十四日間も持つのか？」

少女たちの先頭で杖を突きながら進むクラウスが呆れる。少女たちのおかしなテンションに付き合うことなく、冷静な表情だった。

リリィがスキップをして、彼のそばに近づいていった。

「でも先生。晩御飯は期待していいんですよね？」

にやにやと口元を緩める。

「なにせ、『焔』御用達の宿でのディナー！　最高のペンションに違いありません。くぅ、籤で負けなければ、わたしも泊まれていたのに！」

バカンス中は宿泊施設の収容人数の関係で、四人、五人と分かれて泊まる予定だった。

かつて『焔』が利用した宿に泊まるのがクラウス、グレーテ、アネット、エルナ、サラ。

そして同グレードの別の宿に泊まるのがリリィ、ジビア、モニカ、ティアである。

「別に『焔』御用達という程のことではないさ。普通のペンションだ」

クラウスは呆れるように口にした。

「六年前、任務中に利用しただけだ」

歩き続けると、目の前にバルコニー付きの一軒家が見えてくる。クラウスの説明通り、少し大きな民家程度のサイズだ。ここの二階を旅行客に貸し出し、一階は従業員の家族が暮らしているらしい。

ペンションの前には、エプロン姿の少女が待ち構えていた。全身がこんがりと日焼けしており、ウルフカットの金糸雀色の髪とのコントラストが際立っている。いかにも大自然の中を駆け回って遊んだような、健康的な身体つきをしている。

「ん」

クラウスが反応すると、少女もまた気が付いたようで、パーッと表情を明るくして駆け寄ってくる。

「クラウス様っ！　お久しぶりじゃ！」

「ラフタニアか。大きくなったな」

クラウスの知り合いらしかった。

ラフタニアと呼ばれた少女は、久しぶりの再会が余程嬉しいらしく頬を赤らめている。

「うむ。だが大きくなったのは、クラウス様も同じじゃて」

「それもそうか。お前はもう十六だったか？」

「覚えていてくれて嬉しいぞ！　ふふ、お互い変わったか。クラウス様も昔はもっと不愛想な口調だったのに、今は紳士みたいじゃ。六年という月日は長いのぅ」

島の訛りのようで、ライラット王国の言語とはイントネーションが異なるようだ。

そこでラフタニアという少女は、クラウスの背後にいる『灯』の少女たちを不思議そうに見つめた。

「……ん？　クラウス様、後ろの彼女たちは？」

「僕の生徒だ。今の僕は宗教学校の講師を務めているんだ」

「おぉ、あのクラウス様が！　偉くなったんじゃな。ここのペンションで働いているラフタニアじゃ。よろしく！」

ラフタニアが『灯』の少女たちに礼儀正しく頭を下げてきたので、彼女たちも「よろしくお願いします」と頭を下げる。

第一印象は、快活で明るい島の少女。

――しかし、この島民こそが『灯』のバカンスに大きな影響をもたらす事実を、まだ彼女たちは知らない。


ラフタニアのペンションで用意されていたのは、海鮮バーベキューだった。

島で獲れる海の幸をふんだんに使っているらしい。

海が見えるバルコニーに置かれた、合衆国式のバーベキュー台に、所せましと貝やエビ、魚などが並べられていく。ラフタニアと、ペンションの主人である彼の父親が協力して、手早く準備を済ませてくれた。

焼かれた魚介類に、ニンニクとパプリカパウダーなどの特製スパイスをまぶし、少女たちは豪快に頬張っていく。一口食うたびに「うまいっー」と歓声があがった。

リリィとジビアがさっそく料理の奪い合いを始め、服にソースを付けてしまったエルナが、サラに慰められている。野菜から逃げようとするアネットに、ティアが優しく食べさせようとし、こっそりワインを飲もうとするモニカを、クラウスが窘める。

「いやぁ、極楽極楽」

宴もたけなわになったところで、リリィが大きく息をついた。

「バカンスとは良いものですねぇ。まるで天国に来たような心地です」

「そこまで島を気に入ってくれるとは嬉しいぞ」

バーベキュー台の上に乗った食材を焦がさないよう、ラフタニアは熟練のトング捌(さば)きで器用に皿へ移していく。

「だが、たった一日で満足されても困るな。この島は他にも魅力が満載じゃからな」

「お、それは気になりますねぇ。実は明日からの過ごし方をまだ決めてないんですよ」

「ん、分かった。では僭越(せんえつ)ながら、儂(わし)がこの島の名所を語ろうかの」

貴重な島民からの情報に、『灯』メンバーの視線が一斉に集まった。

ラフタニアが恥ずかしそうに、コホンと咳(せき)ばらいをした。

「まず一番有名なのは西側のカンフェザービーチじゃな。昼間も過ごしたかもしれんが、綺麗(きれい)な海じゃろう？　儂に相談してくれればボートを出せるからな。沖釣りもできるぞ。ビーチの近くには商店もあるから、ゆっくり回ってみるのもいい」

おぉ、と拍手が沸いた。

エルナが拳をあげ「釣りのリベンジがしたいの！」と訴える。

「次に有名なのは、海軍基地周辺じゃな」

ラフタニアが紹介を続けた。

「島民の儂らは毛嫌いしているが、巨大な基地ができてから、一帯が栄えたのは事実じゃな。ライラット王国本土から来た飲食店や服屋で賑わっておる。ただ、近づきすぎるのは禁物じゃ。アイツらは女に餓えておるからな。声をかけられると面倒じゃぞ」

島民と海軍の間には複雑な事情もあるようだが、少し観光する分には楽しそうだ。

ティアが「へぇ、ちょっと気になるかも」と反応し、サラもまた疲れた表情で「自分は海遊びに疲れちゃったので、明日はそっちに行ってみるっす」と頷いている。

「最後は、島の南側の洞窟群じゃな」

ラフタニアの声のボリュームがあがった。

「太古の昔はこの島は火山だったらしくてな。島南側は溶岩か何かの関係で、かなり複雑な地形なのじゃ。洞窟や温泉が至るところにある。少し危ないが、冒険気分が味わえるぞ。ちょっとした伝説もあるしな」

彼女は口の端をにやりと曲げた。

「――大海賊ジャッカル伝説じゃ」

「「大海賊ジャッカル？」」

「二百年前、新大陸で黄金郷を見つけた大海賊じゃ。あらゆる国が彼の財宝を欲しがったが、叶わなかった。自らの財宝を奪おうとする者には容赦しない男じゃった。左手には伝説の曲刀『ベルムーン』、右手には鉤爪。敵を返り討ちにし、殺した敵の目玉は、ペットのオウムに喰わせていた。まさに恐怖の象徴じゃ。彼の大きな三角帽子と血で染まったマントを見ただけで誰もが震えあがり、ジャッカルが船首に立つだけで天から強い光が降り注いだとさえ言われている。ただジャッカルは晩年、敵を皆殺しにするのも面倒になったらしくてな。手に入れた財宝を、入り組んだ洞窟だらけの島に隠して手放したんじゃ」

たっぷりと間をとって、ラフタニアは明かした。

「――この島のどこかにジャッカルの財宝があるって伝説じゃ」

即座に反応したのは、三人。

リリィが手をあげ「わたし！　海賊の秘宝を探しに行きますっ！」と叫び、ジビアが目を輝かせ「あたしも行くぜ！　お宝ってだけでテンションあがる！」と拳を握り、モニカが澄ました顔で「へぇ、面白そうじゃん。ロマンがあるね」と頷いている。

ラフタニアは肩を竦めた。

「……ま、さすがに伝説じゃろ。ずっと島にいる儂も見たことないしな」

とにかくこれで各々過ごす場所は大体、決まったようだ。

エルナはビーチ、サラとティアは海軍基地近辺、リリィとジビアとモニカは洞窟群。

特に洞窟探検に行く三人はすっかり興奮した様子で「さっそく地図を買おうぜ」「探検用の装備も必要だね」と話し合っている。

その一方でエルナが不安そうに「ア、アネット。エルナ、このままだとボッチなの。付き合ってほしいの」と訴えているが、アネットはきっぱり「嫌です。俺様まだ迷っていますっ」と突っぱねている。

グレーテは少し考えを巡らせ、答えを決めた。

「……わたくしは、エルナさんと海辺で遊びましょうかね」

「う、嬉しいの……！　グレーテお姉ちゃん……！」

不安そうにしていたエルナが甘えるように擦り寄ってくる。

グレーテは彼女の頭を撫でつつ、クラウスの方へ視線を投げた。彼女が海遊びを選択したのには、エルナが可哀想以上に大きな理由があった。

「良かったら、ラフタニアの前で『ボス』と呼べないので『クラウス先生』と呼びかける。

クラウス先生もご一緒にどうですか？」

あっさりクラウスは頷いてくれた。

「ん、そうだな。僕も一緒に行動しよう」

内心でガッツポーズを決める。

両脚に怪我（けが）を負っている彼は、洞窟探検には行けないし、ここから距離がある海軍基地まで移動するより、ビーチでゆっくり身を休める方が良いだろう。

（想定通りです……！　これでわたくしのパーフェクトプランは叶ったも同然！）

そのままクラウスとの素敵なラブロマンスの妄想を始めていくが――。


「ん？　いやいや、それは困るぞ？」


間に割って入る言葉が飛んできた。

それはラフタニアだった。不思議そうに首を傾（かし）げ、クラウスを見つめている。

「ビーチで遊ぶのはいいが、クラウス様まで付き合わせるのはやめてくれ。クラウス様には、やってもらわねばならぬことが山ほどあるからな」

なぜか計画を否定してくる。

意味がまったく分からなかった。

「ん、それは――」

「決まっているじゃろう？　結婚式じゃ。クラウス様には当然、支度がある」

「結婚式？　それは誰と誰の……？」

「なんだ、クラウス様。しっかり紹介しておらんかったのか？」

ラフタニアはトングを置き、クラウスが座っている椅子のそばに寄った。突如抱きよせるように彼の右腕を掴む。

「──儂は、クラウス様の許嫁じゃ」

「……………………………………………………」

親し気にクラウスに腕を絡め、自信に満ちた笑みを見せるラフタニア。

『灯』の少女たちは一斉に会話をやめ、その光景に見入っていた。

想定外の事態が生じていたのは、事実。

「──────はい？」

グレーテはピキッと青筋が立つのを感じながら、ラフタニアに尋ね返す。

――バカンス二日目。

島に嵐が訪れていた。まるでグレーテの心の荒れ具合を表すように、大雨と強風が島を襲った。ここまでの豪雨は島でも珍しいらしい。西側の山の方では土砂崩れが起き、一部の島民は避難しているという。

グレーテたちが泊まるペンションの主人は朝から忙しそうに、避難者のサポートをしている。ラフタニアも手伝っているようだ。

そんな嵐の中、食堂で寛いでいるクラウスに、グレーテは詰め寄った。

「ボス、説明してください……！　一体『許嫁』とはどういうことなのでしょう⁉」

「落ち着け。僕にもよく分からないんだ」

クラウスは手にしていたコーヒーカップを置いて言う。

四人掛けのテーブルがあるだけの、小さな食堂だ。窓からは昨日遊んだビーチが見えるが、嵐のせいで海は大荒れだ。おどろおどろしい鼠色に変化している。

クラウスは、グレーテを正面の席に座るよう促した。

「とりあえず、昨晩、ラフタニアから詳しい事情を聞いたよ。どうにも彼女は、僕と結婚する気満々らしい。六年前に約束したとか……」

「そ、そうなのですか……？」

「いや、そんな事実はない」

宥めるように手を振り、クラウスは呆れた様子で息をつく。

昨晩「許嫁ラフタニア」という衝撃的な事実が発覚した際、『灯』の少女たちはバーベキューどころではなくなり、パニック状態となった。クラウスは『一度落ち着け』と少女たちを説き伏せ、彼がラフタニアから事情を聞くということで一時解散となった。

そして翌朝——つまり今、クラウスの元にグレーテ、エルナ、サラが集合した。

ちなみに、他の少女たちは『まぁクラウスさんのことだし何かの誤解でしょ』『以前も既婚者騒動はありましたもんねぇ』と関心をなくしたらしい。

「そ、そもそもの話」

おずおずとエルナが手を挙げる。

「せんせいとラフタニアさんの間には、何があったの？」

「はい。六年前、婚約する程の交流があったんすか？」サラも心配そうに尋ねる。

「大した交流はないさ。このペンションに一か月ほど滞在し、そこで多少、親しくなっただけの関係だ」

クラウスは首を横に振る。

そして、彼は当時のことを明かしてくれた。

六年前、彼は『焔(ほむら)』の任務でこの島を訪れていた。

共に行動していたのは『煤煙(ばいえん)』のルーカスという男と『灼骨(しゃっこつ)』のヴィレという男。三人はこの島にある海軍基地の捜査のために訪れていた。夜に海軍基地の軍人と接触する一方、昼間は、周囲を欺くために、ただの観光客に扮(ふん)していたようだ。

その際、クラウスに懐(なつ)いたのが、このペンションの一人娘——ラフタニアだ。

彼女はクラウスをただの観光客と思っていたため島のあちこちを自ら案内してくれた。

当時ラフタニアは十歳、クラウスは十五歳。歳(とし)が近いこともあり、ラフタニアはクラウスによく懐いた。どこへ行くにも付いてきた。彼女は島の名所に詳しかったので、クラウスも追い払うような真似(まね)はせず、海や洞窟など、二人でたくさんの場所を探検した。

別れ際(わかれぎわ)、ラフタニアは泣きじゃくった。

両親の叱責を無視して、クラウスの脚に縋りついたという。

『クラウス様、行かないでくれっ！　儂も連れて行ってほしいんじゃ！』

『ん、嫌だ』

『うぅ。首を縦に振ってくれるまで、儂は離さん！』

『邪魔……どうしたら解放してくれる？』

『……っ。もしっ！　もしまた会えた時、儂を嫁にもらってくれるか？』

『断る。誰がキミなんかと』

『意地悪じゃ！　約束してくれるまで儂はしがみつくぞ！』

『はいはい。考えておくから。とにかく離れてくれる？』

一方、ラフタニアに特別な感情がないクラウスは、雑にそう答えたという。

以上がラフタニアとクラウスの交流だった。

「約束しているではありませんかっ‼」

話を聞き終えて、グレーテは目を丸くする。

当時のクラウスの、今にはない粗野な雰囲気にトキメキつつも、とりあえず指摘したいのは、クラウスが『嫁にもらってくれ』という言葉に『考えておく』と返事をした点だ。

「いや、そう捉えることもできなくもないんだが」

クラウスはバツが悪いように眉を顰めている。

「……だが、これを婚約というには、かなり無理がないか?」

「そ、それはそうですね……」

「僕の発言が迂闊だったことは否定しない。が、当時ラフタニアは十歳。駄々をこねている最中の発言で、本気の様子はなかった。周囲もそう受け止めている」

彼の説明にサラもエルナも「そうっすね、ボスも言葉を濁していますし」「なの。『許嫁』は無理があるの」と同意する。

確かに、当時その場にラフタニアの両親、そして、クラウスの家族に等しい『焔』のメンバーがいたようだが、結婚に同意をしていたわけではない。「許嫁」は飛躍が過ぎる。

百歩譲って、クラウスの見込みと違い、当時十歳のラフタニアが「婚約」と無邪気に解釈したとしよう。しかし、それを現在十六歳のラフタニアが今なお信じ続けているのは信じがたい。そもそも一回、断っているではないか。

グレーテは「念のための確認ですが」と前置きし、尋ねる。

「……ボスとラフタニアさんは、この六年間、文通などは？」

「まったくない。だから僕も予想外だった」

クラウスは眉間に皺を寄せている。

「――この六年で何か心変わりがあったとしか思えない」

普段の任務でもここまで迷う表情は見せない。

どうやら彼は、自分の軽はずみな言動で、一人の少女の純情を弄んでしまったと反省しているようだ。どう考えても、彼に非はないのだが。

「かつての記憶を思い出していたんだが、やはり心当たりがなくてな」

彼がここでコーヒーを飲んでいるのは、それが理由らしい。

よく見れば、普段彼が飲まないミルク入りだ。砂糖の小瓶も横に置かれている。六年前に飲んでいたらしいカフェオレを摂取し、記憶を探っていたようだ。

「意外なの」エルナがくすりと頰を緩めた。「六年前はせんせいも未熟だったの」

「……昔は、行動が全部、雑だったんだ」

クラウスは肩を竦める。

「なんにせよ、明日きっぱり否定しておくよ。この問題はこれで終わりだ」

彼がそう結論付けたので、グレーテ、サラ、エルナは一様に安堵する。

その後は、嵐の中に外出するのも億劫で、この四人でボードゲームに興じた。島に伝わる遊戯で大いに盛り上がり、ラフタニアの件は一時、忘れられた。

途中クラウスは「顔見知りに挨拶してくる」と言って、席を外した。

この間に、急激に事態は悪化していたと露知らずに。

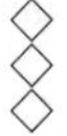

――バカンス三日目。

異変は朝に気が付いた。

嵐が過ぎ去り、早朝に散歩でもしようとグレーテは、クラウスを誘った。サラとエルナはまだ寝ており、アネットはどこかに消えている。二人きりの穏やかな時間を過ごすために、ペンションの外に出た。

牛乳を配達している男性と出会った。

彼はペンション玄関のクラウスを見ると、何かに気づいたように、お、と口にした。

「アンタがクラウスさんかい？　聞いた通りにカッコイイ男じゃなぁ」

島民らしい訛り交じりの声をあげ、豪快に笑った。

「ラフタニアとお幸せにな」

どういう意味かとクラウスが聞き返す前に、男性は自転車で去っていった。

気を取り直してビーチに向かおうとしたところで、島民らしき老女に声をかけられた。

「おぉ、アンタじゃろ？ ラフタニアと結婚するのは」

クラウスの顔を見て、嬉しそうに頷いている。

「十日後の結婚式、頑張ってな。あの子は苦労ばっかり背負ってきたからな。ようやく報われるのぅ。昨晩耳に入って、ホッとしたよ」

「……………十日後？ そんな話は初耳だが？」

クラウスは聞き返したが、老女は耳が遠いのか、すぐに家の中へ入っていった。

次第に嫌な予感を強めていると、これから漁に出かけるらしい、漁網を運んでいる男性と出会った。クラウスの姿を見ると、大股で歩み寄り、強く肩を叩いてくる。

「んん、ラフタニアの婚約者じゃろ？ こんなとこで女、引き連れて歩いてっと、浮気を疑われちまうど？ 式まで大人しくしとれ」

「……どうにもアナタたちは誤解しているようだ」

さすがに苛立ったのか、クラウスが強く否定した。

「僕とラフタニアはそんな間柄じゃない。式など挙げない」

「またまたぁ、冗談きついぞ」

「だから――」

漁師の男は手を伸ばし、クラウスの言葉を遮った。

「皆まで言うな。オレも浮気したい気持ちは分かる。だがな、ケジメってのはつけなきゃなんねぇぞ。オレはな、ラフタニアが赤子の時から知ってんだ」

「はぁ……」

「そうだな。あり得ない話だが、もしテメーがウチの島のラフタニアを誑かし、純情を弄んで、結婚式から逃げようっていう算段なら――」

彼はその巨腕で漁網を持ち上げながら、低い声で告げる。

「――テメーの教え子含めて、この島から無事に帰れると思うなよ？」

「…………………………」

説得は分が悪いと踏んだらしく、クラウスは全てを諦めたように沈黙していた。

「なんだか、とんでもない事態になっていませんか⁉」

「まさか僕をここまで後手に回すとはな」

その後、ペンションを周辺を歩いて理解したのは、クラウスとラフタニアが結婚式を挙げることは既に決定事項として広まっている事実だった。

ペンション周辺の島民は、全員ラフタニアを昔から可愛がっている間柄らしく、誰もが結婚を祝福していた。こちらが否定の声をあげても、冗談と受け流されるか、婉曲的な脅迫さえされる始末だ。

結婚式の招待状が広まっているのは、ペンションがある島西側の一地域。既に三十世帯ほどに配られているらしい。クラウスの外見の特徴やラフタニアとの出会いも知れ渡っており、更には誇張されたラブストーリーまで広まっていた。

「一体いつここまでの工作を……？　ボスが結婚しなければ、帰りの船を出してくれない程の、剣幕なのですが……」

「あぁ、初日にそんな気配はなかった。早すぎる」

「皆さん、結婚のことは今日昨日で知ったような口ぶりでしたね」

「いくらなんでもラフタニアだけでは無理だ。それこそ一流の工作員の仕業だが——」

現状分析を行いながら、ペンションへ戻っていく。

玄関に辿り着くと、ちょうどラフタニアともう一人の少女が楽し気に会話に花を咲かせていた。

「アネット様、人手の確保は終わったぞ」

「はい、ラフタニアの姉貴！　俺様、四区の花屋さんに協力を取り付けてきたところですっ。前日には最高のブーケが完成しますっ！」

「「…………は？」」

ラフタニアのそばに立っていたのは、アネットだった。両手いっぱいに結婚式の招待状を抱えて、飛び跳ねている。

そこでラフタニアが唖然とするグレーテたちに気づいたようだ。

「おぉ、クラウス様。こんなところで何をしておるんじゃ？　ほら、結婚式の前にやらねばならないことは山ほどあるぞ」

「いや、それよりも」

クラウスの口から溜め息のような声が漏れた。

「……アネット、お前は何をしている？」

「俺様っ、ラフタニアの姉貴の結婚式をサポートしていますっ！」

悪びれることなく返事が戻ってきた。

続けてラフタニアが「そうじゃぞっ！」とアネットの肩を掴む。

「全部アネット様が手配してくれているのじゃ。儂たちのために、招待状の配布も、場所の確保も、どんどん行ってくれたぞ！」

まるで心酔するようにラフタニアは「アネット様様じゃ」と頭を撫でている。

アネットもまた満更でもないような笑顔だった。

ここまで事態が進んだのは、彼女の暗躍が理由らしい。本気を出した彼女ならばクラウスとラフタニアの恋愛エピソードを捏造し、島民を説き伏せるなど容易いか。

――だが、なぜアネットが協力を？

その疑問は解消されることなく、ラフタニアは甘えるようにクラウスへ抱き着いた。

「良い式を挙げようぞ、クラウス様？」

そんな彼女を祝福するようにアネットが手を叩いている。

「俺様っ、ウェディングプランナーってやつになりますっ‼」

「――――――――――――――――」

完全に後手に回され、クラウスとグレーテは愕然とする。

一瞬の油断をついた見事な情報戦略だった。

――バカンス四日目。

グレーテにとっては地獄のような一日だった。

それこそ婚前のようにイチャつくラフタニアとクラウスを尾行し、遠目に眺めることしかできなかったのである。

ラフタニアがクラウスの腕を引き、町を連れ回す。

「クラウス様っ、タキシードの採寸に行くぞ。新婦の儂が付き合ってやるのじゃ」

「…………あぁ」

時に、グレーテさえ知らない過去を二人は語り合う。

「クラウス様っ、思い出の地へ行かぬか。儂らが初めて想いを重ねた場所じゃ」

「……お前が勝手に付いてきて、氷菓子をたかってきた場所か」

そして、グレーテでは叶わないスキンシップを二人は取る。

「ふふっ、これから結婚するのだから腕を組んでもよかろう？」

「…………歩きにくいから離れてくれ」

これらは全てグレーテのメンタルを大きく削っていた。

「～～～～～～～～～～～～～～～～～～～～っ‼」

声だけは上げないようにして悶えるグレーテ。

傷つくだけなら尾行しなければいいのだが、それでも追わずにはいられなかった。変装をして、ラフタニアにはバレない近距離で見守り続ける。どう考えてもストーカーのそれだが、体面など気にしてはいられない。

なにより心を揺るがすのは、クラウスがラフタニアに従順なことだった。

もちろん事前に説明は受けている。

『少なくとも「逃げるな」と僕を脅迫する島民の態度は本気だった。事を荒立てれば、バカンスをゆったり過ごしたい他のメンバーたちに危害が及ぶかもしれない』

だが、このクラウスの対応含めて、アネットの計算通りだろう。

クラウスは『灯』の少女たちに身を休めて欲しいと願っている。自身のせいで島民と余計な揉め事を起こしたくない。まずは逆らわず、相手の隙を窺うらしい。

クラウスはただ演じているだけ——理解はしているが。

（こ、ここは耐えるしかありません……）

彼の言葉を何度も思い出し、自らを納得させる。

そうでなければ嫉妬で頭が壊れてしまいそうだった。

目の前では、クラウスとラフタニアが親し気に腕を組みながら、思い出を語り合っている。かつて眺めた夕陽も綺麗だったな、という実に和やかな会話。

そして腕を組んでいるラフタニアが、さりげなく自身の胸をクラウスに押し当てる。

「～～～～～～っ!!」

グレーテは再び悶絶する。その程度でクラウスは誘惑されないと知っていても、なお腹立たしい。我慢ならない。

ついラフタニアの膨らみのある胸部と、自身の平坦な胸部を見比べる。

「～～～～～～～～～～～～～～～っ!!」

そして、もう一度悶絶するのだった。

――バカンス五日目。

島で大きな騒ぎがあった日だ。

四日目に被ったストレスのせいで悪夢を見たグレーテは、その日寝坊し、けたたましい怒号で目を覚ました。ペンションの前から男性の罵声が聞こえてくる。

「ガタガタ喚くな！　お前たちはただ、昨晩のことを正直に語ればいいんだっ！」

グレーテが苦手とするタイプの声だ。

思わず耳を塞いでいると、続けて老いた男性の弱々しい声が届いてくる。

「しょ、正直にって言われたって、全部真実ですよ。何も知りませんって」

「お前は『連日、海軍の不満を吹聴していた』と情報が入っているが？」

「そ、それは……ですが、昨晩のこととは……」

「っ！　もういいっ！　お前は容疑者リストに加えておく！」

どうやら揉め事が起きているらしい。

手早く朝の支度を済ませて、ペンションの外に向かうと、トラブルは収束していた。

通りには十五人程の島民が集まり、立ち去っていく軍人らしき男たちを睨みつけている。彼らの姿が見えなくなると、腰を抜かした高齢の男性に、多くの島民が労わりの声をかけた。軍人と島民の間で揉め事があったらしい。

「……どうされたんです？」

近くにいた老女に尋ねると、彼女は大きく息を吐いた。

「殺人事件があったそうでな」

「事件？」

「今日の早朝、海軍基地のメルシェ少尉という偉い人の遺体が見つかったらしい。詳しいことはまだ分からんが、切り刻まれてバラバラだったんじゃと」

彼女が把握しているだけの事情を教えてくれた。

昨晩――グレーテにとってはバカンス四日目――メルシェ少尉は海軍宿舎を抜け出し、町の方に出かけていたらしいが、宿舎には帰らなかった。今朝損壊の激しい遺体が島南端の波打ち際で発見され、遺体に残った所持品からメルシェ少尉と特定された。

「……それで早速、犯人捜しですか。確かに殺人事件なのでしょうが……」

「大海賊ジャッカルの呪いじゃ」

「………はい？」

「全部軍人共が欲をかいたから始まったんじゃ。あの基地は、島民を追い払ってできたもんじゃ。今も敷地を拡大しようと目論んどる。この島がおかしくなったのも、その頃じゃ。島を脅かす者は呪われる。この島には宝を守ろうとする大海賊の怨念があるんじゃ」

老女が不安がるように身を震わせた。

「——三か月に一度、島の誰かが惨たらしく殺される」

彼女いわく、惨劇は三年前から始まったという。三か月に一度の頻度で、変死体が見つかる。被害者は島民や旅行客、軍人など偏りがない。ただ見つかる遺体は全身がバラバラになっていたり、捻じ切れていたり、普通では有り得ない損壊具合だという。

到底信じられない内容だったが、真実らしかった。

老女は「お嬢さんも気を付けなさい。あな恐ろしや」と身を震わせて、グレーテのもとから立ち去っていった。

海賊の呪いや殺人事件など気になる話ではあったが、グレーテと直接関係はない。

とりあえず、この日は気分を変えてビーチでリフレッシュすることにした。これ以上ラフタニアとクラウスを尾行しても、メンタルを損ねるだけなのは理解した。クラウスを信頼することにする。

エルナと一緒に、砂浜で貝殻集めを始める。

綺麗な形の貝殻を見つけ、それを透明なガラス瓶に砂と一緒に詰める。最初はすぐに退屈するかも、と不安だったが、いざやってみると、宝石のように煌めく貝殻がいくつも見つかり、楽しくなってくる。

エルナもまた薄桃色のかわいい貝を見つけたようだ。

「グレーテお姉ちゃん、これは中々レア貝なの！」

「……ええ。欠けてもなく、真珠層もキレイ。お宝ですね」

そう二人で笑い合っていると、ビーチの向こうから「うおおおおおおっ」という声が聞こえてきて、棒状の道具を握っているアネットの姿が見えた。まるでブルドーザーのようにビーチの砂を掘り起こし、猛進している。

「俺様っ、貝殻を回収しますっ！」

「のおおおおおおおおおおおおおっ」

ダッシュするアネットに、エルナが轢かれた。

そこでアネットは停止し、棒状の道具に溜まっている貝をチェックする。どうやら砂を掘り起こし、貝だけを採集するための道具らしい。満足そうに「お、これだけあれば結婚式会場に飾れますっ」と頷いている。

真面目にウェディングプランナーとして励んでいるらしかった。

「おはようございます、アネットさん」

「ん？　グレーテの姉貴っ！　どうかしましたかっ？」

「ところで、アネットさんはなぜラフタニアさんに協力を？」

アネットは要らない貝殻を海に投げ捨てながら、歯を見せて笑った。

「俺様っ、それは秘密ですっ」

「はぁ…………」

「逆に姉貴はなんでだと思いますかっ？」

まさか尋ね返されてしまった。

答えに窮していると、アネットはこちらを覗き込むように顔を寄せてくる。

「――『グレーテの姉貴に発破をかけるため』って言ったらどうします？」

「…………はい？」

思わず目を見開き、固まってしまう。

アネットは満足そうに頷いて「俺様っ、冗談ですっ」と舌を出し、くるりと背を向け、また駆け出してしまった。ビーチで尻もちをついたエルナが「まずは謝れなの！」と訴えているが、聞く耳を持たない。

いつも通り、なんとも摑めない少女だった。


アネットの目的は不明だ。

しかし、冗談にしろ何にしろ、彼女の言葉はグレーテの心を焚きつけていた。

そもそも今回のトラブルは、誰がどう考えてもラフタニアに一番の非がある。六年前の不明瞭な婚約を前提に、無理やりクラウスと結婚しようなど無茶苦茶だ。間接的に『灯』の少女たちが脅され、クラウスが動けなくなる手法も気に食わない。

――『発破をかけるため』というなら乗ってやろうじゃないか。

グレーテがぐっと拳を握り込んで、ペンションに戻ると、食堂にはちょうどクラウスとラフタニアの姿があった。

ラフタニアはエプロン姿で、にこやかに料理を運んでいる。

「ふふっ、クラウス様。今日の晩御飯は儂のスペシャルディナーじゃぞ？　島で育てられた牛の熟成肉を使った特製ハンバーグじゃ！　ぜひ食べてくれ！」

「…………そうか」

クラウスは不愉快を隠さず、チーズや卵で豪華に飾られたハンバーグを見つめている。

隣の席のサラの前に置かれたのは、ソースがかかっただけの普通のハンバーグなので、扱いの差が露骨だ。サラも呆れるしかないのか「あはは……」と苦笑している。

ペンションのスタッフとしてどうなのか、と感じながらグレーテは声をかける。

「ラフタニアさん」

「ん？　なんじゃ？　ちょっとハンバーグの見た目は違うが、それは目の錯覚で——」

「一つお伝えしなければならない事実があります」

不思議そうにラフタニアは眉を顰めた。

グレーテは堂々と胸を張り、勇ましく宣言する。

「実は、わたくしも——クラウス先生の婚約者なのです」

彼女が主張する『許嫁』という妄言には、同じく妄言で対抗する。

眉間を抓るクラウスの反応が気になったが、ラフタニアが呆然とハンバーグの皿を取り落とし、グレーテは胸がすく心地がした。

今度はお前がパニックになる番だ、とちょっと意地悪に微笑んだ。

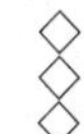

——バカンス六日目。

クラウスに怒られた。

「事態を泥沼化させてどうする?」

「……申し訳ございません。衝動を抑えきれずに」

昨晩のラフタニアの反応は、実に痛快だった。彼女は分かりやすく狼狽(ろうばい)した。

『ど、どういうことじゃ⁉ ま、まさかクラウス様が二股っ? い、いや、お前が勝手に言っているだけじゃ! ア、アネット様に確認するぞ? し、真実なら、儂の人生はどうなる⁉ お、終わりじゃ……う、嘘(うそ)じゃああああああああっ!』

予想以上のパニックを見せ、食堂中のテーブルを倒しながら去っていった。

彼女がわざわざ用意したハンバーグは全部床にぶちまけられてしまい、もったいなくは感じたが、気分は晴れ晴れとしたので良しとしたい。

クラウスも思うところがあったのか、それ以上の叱責はなかった。

朝グレーテを自身の部屋に招いたのは、今後の相談らしかった。

「手段はともかくラフタニアに牽制できたのは幸いだ。かなりショックを受けて寝込んでいる。今日、明日くらいは自由に動けそうだ。助かったよ」

クラウスは深く頷き、グレーテの方をちらりと見た。

「本を正せば、僕が発端のトラブルだ。お前が付き合う必要はないんだぞ？」

「いえ、お付き合いします。宣戦布告した以上は退けません」

「――極上だ。分かった。この結婚式を壊すために協力してくれ」

「……はい、もちろんです」

とりあえず一通りの話が済んだところで、クラウスが「まぁ」と腕を組んだ。

「もちろん僕が本気で動けば、こんな結婚式などいくらでも潰せるわけだが」

「……そうでしょうね」

「できれば、円満に解決したいところだ」

彼が派手に行動しないのは、一番は他の少女たちのバカンスの平穏を守るためだろうが、ラフタニアに対する配慮もあるようだ。

グレーテとしては複雑な心地だが、それがクラウスの望みなら尊重するしかなかった。

「今日は独自に調べたいことがあるから、一人で動く。明日だけ空けておいてくれ」

彼は方針を伝えてきた。

「ラフタニアの過去を調べたい」

◇◇◇

──バカンス七日目。

事前に約束していた時刻にグレーテが食堂へ降りていくと、同じペンションのサラがテーブルに突っ伏していた。いつものキャスケット帽を枕のように敷き、さめざめと泣いている。出された朝食は手を付けられることもなく、冷めたまま放置されていた。

「も、もう、嫌っす。何も考えたくないっす……島を出歩きたくないっす……!!」

「何がありました?」

心配になって声をかけると、サラは首を横に振った。

「……変態の男たちをひたすら罵っていました」

「本当に何があったんですか!?」

彼女も彼女でトラブルに巻き込まれていたらしい。そのまま泣かせてやることにした。

やがてクラウスもまた食堂に降りてきて、ちらりとサラを見た。気の毒がるように頷き、グレーテの方へやってきた。

「これは小耳に挟んだ噂だが」クラウスがぽつりと呟く。「現在、島では『黒髪のサキュバス』なる女が話題になっているらしい」

「………はぁ」

「サラは巻き込まれたようだな。可哀想に」

よく分からない話だったが、やがて約束の人物がやってきたので雑談を終える。

食堂の奥からコーヒーカップが載ったトレーを持って、髭の濃い男性が歩いてくる。グレーテも既に顔を合わせている。このペンション『ウミネコの里』のオーナー。そしてラフタニアの実父だ。ケリッヒという名らしい。

彼は「ラフタニアなら朝から出かけています」と声をかけてきた。

クラウスが彼にお願いして時間を作ってもらったのだ。呆然としているサラを食堂の隅へ運び、テーブルを囲む。

「すみませんね、クラウスさん。娘があまりに突然」

ケリッヒには島民特有の訛がない。丁寧な言葉遣いで謝罪の弁を述べてきた。

「僕も驚いています。突然に結婚式など。アナタは知っていたのですか?」

「いいえ、寝耳に水でした」ケリッヒが苦笑する。「娘がクラウスさんを好いていたのは知っておりましたが、まさか結婚などとは」

父親にとっても意外だったらしい。

まったく許嫁ではないじゃないか、とグレーテは内心で憤慨する。

「あまり触れたくない話題かと思い、控えていましたが――」

クラウスが躊躇いのような間を置いた。

「現在、この島には『大海賊ジャッカルの呪い』が起きていると聞きました。三か月に一度、島で凄惨な殺人事件が起きる」

「はい、耳に入っていましたか」

「もしかして――ケリッヒさんの奥さん、つまりラフタニアの母親は――」

「はい、殺されたんです。三年前に」

え、と声をあげてしまった。

そういえばクラウスが語ったラフタニアの過去に『両親』という言葉が出てきていた。

しかし、まだグレーテはこのペンションで母らしき存在とは会っていない。

思えばペンションの周辺の島民はラフタニアを「苦労続きの子」と評していたか。

クラウスもショックを受けたように「そうか、あの方が……」と言葉を漏らした。

「何があったのですか?」

「例の大海賊の呪いと言われる、連続不審死事件――その二人目の被害者が妻なのです」

ケリッヒはゆっくりと語りだした。

「三年前の春の朝、妻はこのペンションのすぐ裏手にある崖の下で、変わり果てた姿となって発見されました。四肢がもげ、顔も潰され、すぐに彼女かどうかも分からない酷い有様で。見つけたのは、ラフタニアでした」

彼は悔しそうに唇を噛み、首を横に振る。

「犯人はいまだ見つかっておりません」

「……警察はどんな見解を？」

「お手上げですよ、この連続不審死事件は異常なんです。見つかる遺体はどれもおかしい。道の真ん中で全身が焦げていたり、全身の血を抜かれていたり。先日の海軍将校のように全身を切り裂かれていた者もいる……もはや呪いと片付ける他ない」

彼が納得しきれていないのは明らかだった。

悔しさを思い出すように、涙ぐんでいる。

「島民は警察と協力して、犯人を必死に捜しましたが、捕まえられませんでした。この島に暮らす半分は、海軍基地の軍人です。『アイツらが怪しいんじゃないか』という声もあがりましたが、島の警察では手出しできません。匿われたらお終いです」

「……そうですか」

「ラフタニアがこの島に絶望するようになったのは、その時からです」

声のトーンが下がっていく。

「毎日『こんな島から出て行きたい』と訴えるようになりました。ですが、恥ずかしながら私は、娘はいずれこのペンションを継ぐと思い、特別な資格を取らせることもなければ勉強もさせておりません。島外へ出て行けるほどの学はありません」

ケリッヒはそこで顔をあげ、強い眼差しでクラウスを見つめた。

「ラフタニアにとって——かつてアナタと交わした約束は唯一の希望なのです」

「……そういう経緯でしたか」

納得したようにクラウスが呟いた。

かつて彼が予想した通り、六年前はラフタニアも本気で結婚など考えていなかったのだろう。しかし母の事件が適切に捜査されなかった絶望ゆえに島外の生活を求めるようになり、クラウスとの約束を強く想うようになった。

彼女の中では、記憶も美化されているのかもしれない。

「勝手な話だとは理解しております。父として深くお詫びします」

ケリッヒはすまなそうに頭を下げる。

「けれど娘にとっては、この絶望の島から出て行く唯一の手段なのです。どうか結婚してやってくださいませんか？　娘を幸せにしてやってください」

父なりに娘を想った結果なのかもしれない。

強い懇願を示しているケリッヒに、クラウスは静かに視線を向けている。何も返事をすることはないが、噛み締めるような顔つきで。

――バカンス八日目。

クラウスがまた「一人で調べたいことがある」と行動を始めてしまったので、グレーテは手持ち無沙汰になった。エルナと海軍基地の方まで足を運ぼうとしたが、途中、雨が降ってきたので、慌てて引き返した。また嵐になるかもしれない。強い雨だった。

シャワーから上がると、ラフタニアが待っていた。

彼女は足元が泥で汚れていた。「結婚式場の準備じゃ」と明かしてくる。「アネット様と『青空の下でやりたい』と話しあっての。丘の上に椅子を並べ、飾りを用意して、オシャレなガーデンウェディングをする予定じゃ」

ここ二日間は休んでいたようだが、見事復活したらしい。

「……花嫁自ら準備とは感心ですね」

「父さんから儂の事情を聞いたんじゃろう？」

ラフタニアが軽く肩を竦めた。

「同情される謂れはないぞ。儂は絶対にクラウス様と結婚して、この島から出て行く。どうせ貴様が『許嫁』というのもハッタリじゃろう」

「……気づかれましたか」

もちろんアネットに確認すれば、すぐに嘘だとバレるはずだ。ブラフでしかない。

すると、ラフタニアは何かを放り投げてきた。

「プレゼントじゃ。受け取ってくれ」

「ん………？」

「儂とて強引という自覚はあるからな。詫びじゃ」

投げ渡されたのは、小さな麻袋だった。四十センチほど。なにか機械のようなものが入っているのか、ずっしりと重い。

ラフタニアは「お守りじゃ」と説明してくれる。

「はぁ……」

「引く気はないぞ？　母さんが亡くなってから思い出したんじゃ。クラウス様と島で過ごした日々を。不愛想ながらも歩幅を合わせてくれたり、嫌そうにしながらも儂にジュースを奢ってくれたり……その一つ一つの記憶が輝いて感じられたんじゃ」

独り言のように口から言葉が零れ落ちる。

「今振り返ると、あの時間ほど楽しいひと時はなかったな……」

「やはり」グレーテは息を呑む。「クラウス先生への想いは本物なのですね……？」

ラフタニアは「当然じゃろ」と朗らかに笑う。「結婚相手が誰でもいいわけあるか」

それは、恋情を秘めた乙女の瞳だった。

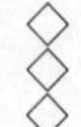

――バカンス九日目。

ラフタニアとクラウスの結婚式は四日後、つまりバカンス十三日目に開かれる。

グレーテはあるアイデアを思いつき、町の商店で布を大量に買い込んだ。ミシンも無理を言って島民から借りてきた。ラフタニアに対抗するため、時間は短いが、なんとしてでも作りたいものがあった。

ペンションに戻る途中、ビーチに見慣れた三人の仲間を見かけた。

リリィ、ジビア、モニカの三人。まるで浜に打ち上げられたように寝転んでいる。

気絶しているのでは、と心配になり、グレーテは彼女たちに駆け寄った。

「皆さん、どうされました……？」

幸い、三人はただ寝転んでいただけのようだ。

しかし元気は全くなく、モニカとリリィが首を横に振っている。

「無理。もう話しかけないで……」

「自分たちの宿に戻る体力さえ残っていません。ここで休憩です……」

まさか、あの三人がここまで疲れ果てているとは。

確か洞窟探検をしながら海賊の宝を探していたはずだ。余程夢中になって探しているのかもしれない。精魂尽き果てた表情をしている。

ジビアはまだ比較的体力が残っているらしく、にこやかに手を振ってきた。

「グレーテはどうだ？　バカンス満喫しているか？」

「……いや、どうでしょうかね？」

「ん？」「およ？」「え」

「いえ、ただ負けられない戦いに挑むところです。いつものことですよ……」

戸惑いの表情を浮かべている三人に、グレーテは端的に明かした。

「……ボスとのことで、少々」

たったそれだけで三人は、全てを理解してくれたらしい。一瞬息を呑み、小さく頷き、優しい瞳をグレーテに向けてくれる。

「グレーテ」

モニカが立ち上がって、グレーテの肩に触れてきた。こちらを労わるようにじっと正面から見つめられる。

「詳しい事情は知らないけどさ、ボクからのアドバイスは一つかな」

「………………」

「──大切なものを、見落としちゃダメだよ」

声には、切実な感情が滲んでいた。ただの一般論ではない。自身の体験と思いを重ねるように、僅かに寂しそうな目をして、肩に触れる手に力を入れてくる。

リリィとジビアも、照れくさそうに頷いた。

「そうですよ。見落としてから気づくなんて程、哀しいものはありません。後悔しか残らず、毎晩毎晩泣いちゃったりして──」

「でも、どれだけ願っても時は戻らねぇんだ。グレーテはそんな失敗すんなよ？」

「皆さん……っ」

目の前の光景が、じんわりと色づいていくような気がした。

ジビアが立ち上がり「じゃっ、グレーテの勝利を祈って遊んでいくか！」と肩を抱いてくる。さっきまでビーチに直接横たわっていたジビアから、温かい砂が飛んできた。

モニカとリリィは「えっ、今から⁉」「まだ休みたいですよぅ……」と困惑する反応をしたが、ジビアが「いいんだよ‼　バカンスなんだから」と言い張ると、彼女たちも呆れた笑みを見せつつ、グレーテの身体に飛びついてきた。

少女たち三人に身体を摑まれ、グレーテは「ええっ⁉」と抵抗するが、海に引きずり込まれていく。着替えさせてもくれないようだ。布の入った紙袋を手放すのが精いっぱい。

「ヤケクソじゃぁ！」「まったくだぁ！」とやけにハイテンションな三人に海水をかけられながら、その日は夜まで遊び通した。

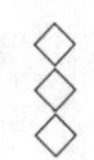

——バカンス十日目。

一緒に遊んでくれたお礼として昨日、ジビアに購入した布を渡した。洞窟探検に使えるのではないか、と思ってのことで、彼女たちは喜んでくれた。

それでも布は十分に余っているので、さっそくグレーテは目的のものの製作に取り掛かることにする。

嬉しいことに、エルナがサポート役を買って出てくれた。

初日に約束したほど彼女とは遊べなかったが、いわく「エルナ、なんだかんだバカンスを満喫しているの……！」ということらしい。

グレーテがいない時は、一人で島のあちこちを歩いたり、海を眺めたり、のんびりと過ごしているようだ。島民からは可愛がられ、穏やかな離島生活を送っているらしい。

ペンションの寝室に籠り、二人で作業に取り掛かる。

「たまに思う時はあるけど」

エルナに布の裁断を任せていると、彼女が途中ぽつりと呟いた。

「実はエルナもせんせいのことが大好きなの」

思わず作業の手を止めていた。

「っ、そうなのですか……？」

「の。でも、多分それはグレーテお姉ちゃんの好きとは、きっと違うの」

彼女は優し気に頰を緩めている。

「だからエルナは……グレーテお姉ちゃんの恋を応援しているの……！」

心が温まる感覚を抱きながら、グレーテは「ありがとうございます」とお礼を伝える。

――『灯(ともしび)』の少女たちは、自分に優しすぎる。

改めて感じる。微笑(ほほえ)みを抑えきれなかった。一体この恩をどうすれば返せるのか、と悩んでしまう程に。

二人でテキパキと作業を進めていると、廊下の方からドタドタと賑(にぎ)やかな音が聞こえてきた。こんな大きな足音を鳴らす者は一人しかいない。

「ん？　アネット？」

エルナが扉をあけると、ちょうどアネットが立っており「ん？」と首を傾(かし)げていた。

すぐさまエルナが鼻を塞いだ。

「なんだか臭うの！」

「俺様っ、温泉に行ってきましたっ！」

彼女の身体からは硫黄の香りが漂っていた。そういえば島の南側の方には温泉もあるとラフタニアから説明されていたか。

結婚式とは無関係のように思えた。

「ウェディングプランナーのお仕事は宜(よろ)しいのですか？」

思わず尋ねると、アネットは大声で答えてくれた。

「俺様っ、もう飽きました！」

「え…………」

あまりに自由奔放な発言に、言葉を失ってしまった。あれだけグレーテたちを引っ掻き回しておいて、もうラフタニアを放置するらしい。

アネットは「それより面白いものを見つけましたっ」と拳を握り込み、またドタドタと足音を響かせ、ペンションの階段を下っていく。

「俺様っ、調べ事をしに出掛けてきますっ」

何も言えないグレーテたちを置いてけぼりにして、彼女は嵐のように走り去った。

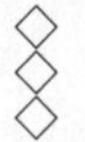

——バカンス十一日目。

仲間に励まされたり、作業に没頭したりする時間を過ごす内に覚悟は定まった。

後はラフタニアと会うだけだった。

彼女は寝坊してきた。彼女の父親いわく、昨晩出掛けていたらしい。ようやく起きてくると、すぐに買い出しへ出かけてしまい、話すことはできなかった。

昼まで待っていると、ようやく裏口の方でラフタニアの声が聞こえてきた。

「ラフタニアさん、あの――」

裏口で食材を運び入れているラフタニア。その姿を見た時、言葉が止まる。

ラフタニアの左頬に、青紫色の痣があったのだ。

「…………っ！」

思わず自身の頬を押さえてしまう。白い肌に痛々しい痣が浮き出ている。

言葉を失っていると、彼女は「ん、グレーテか」と哀し気な視線を向けてくる。

「どうされたんですか、その頬は……？」

「んー？　ちょっと昨晩、殴られてのぉ。大したことないわい」

おどけるように歯を見せるラフタニア。

見え見えの強がりに、次の言葉が出てこなかった。世間的には、彼女は結婚式直前の花嫁のはずだ。頬を張られるなどあってはならない。

「一体、誰に…………？」

尋ねると、ラフタニアは答えを躊躇するように顔を伏せ、小さく息を吐いた。

「――海軍の連中じゃ」

「……っ」

信じられなかった。いくら島民との間には軋轢があるとはいえ、こんな少女に手を上げるのだろうか。

ラフタニアは恥ずかしそうに自身の頬を押さえた。

「本当に嫌になるよ……この島で生きていくことが……っ」

唇を噛み締め、苦しそうに目を閉じている。目には微かな涙も滲んでいる。

その震える身体を、慰めてやりたい衝動に駆られる。

ラフタニアは力なく頬から手を離すと、引いてきたリヤカーから荷物を下ろし始めた。

「けど、もう大丈夫じゃ。明後日、儂は結婚式を挙げる。クラウス様と添い遂げ、こんな島から出て行くんじゃ」

「ラフタニアさん……」

その声からはハッキリとした喜びが聞きとれた。

母親を亡い、犯人を見つけられなかった島に見切りをつけた少女。島外の男であるクラウスに惹かれ、希望を見出し、無理やりでも彼と添い遂げようとしている。

彼女の境遇には、一定の同情はできる。

しかし、やはりグレーテが認めるわけにはいかなかった。

「大切なものを見落としてはいませんか？」

用いたのは、モニカから授けられた言葉だった。

ラフタニアがニンジンを摑みながら、睨みつけてくる。

「ん、なんじゃ。そんな脅しは通じ――」

「――クラウス先生の心です」

グレーテは背筋を伸ばし、ハッキリと伝えた。

「あやふやな過去の約束を根拠に、無理やり外堀を埋めようとする努力は見事ですが、たった一度でもクラウス先生の気持ちを尋ねたのでしょうか？」

「あ？」

「ただ逃げているようにしか見えません」

「……っ、随分と言ってくれるではないか」

ラフタニアは握ったニンジンをリヤカーに叩きつけ、強く睨み返してくる。グレーテの顔を睨め回すように見つめると「ははん、大体見えて来たぞ」と薄く笑った。

「貴様もクラウス様が好きなんじゃな。だから、焦っておるんじゃろ？」

「その通りです。アナタと同じですよ」

否定はしない。ずっとラフタニアを観察しながら想いを馳せ、行き着いた答えだ。

「アナタとわたくしは、きっと似ているのです……大切なものを見落としている」

自分の想いを最優先し、無理やりなアプローチを繰り返し続けている。強引に迫り、時にクラウスから迷惑がられている自分とどう違うのか。

だからこそ、胸に痛みがはしる。

「わたくしもまた、あの方の――クラウス先生の本心を聞けないでいる」

もう逃げるべきではない。

――『クラウスさんが一番愛しているメンバーはキミだよ、グレーテ』

モニカから与えられた言葉が気になるのなら、彼に確認するしかない。真偽を確かめないまま、勝手に懸想を続けるのは、六年前の婚約を信じ続けるほどに滑稽だ。

ラフタニアは目を見開いていた。

これからグレーテが何を告げるのか、予想がついたのだろう。強い覚悟を持って臨んでいることを理解してくれたらしい。

「明日、クラウス先生を式場に呼び出しました」

たじろぐラフタニアにグレーテは言葉を繰り出した。

「ラフタニアさん、一緒に勇気を出し合い、あの方の心と向き合いませんか？」

彼女からの返答には、長い時間がかかった。

グレーテからの挑発を、すぐに返せない。目を泳がせ、話の誤魔化し方を探すように「あ、いや」や「明日は……」ともごもごと声を漏らし、顔を赤くさせている。

躊躇いの感情は、痛いほど共感できる。

本心で言えば、グレーテだって怯えている。

しかし、最後にはラフタニアも「分かった……っ」と頷いた。

もう退くことは許されなかった。

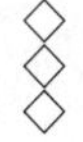

——バカンス十二日目。
「飽きた」と言っていたアネットだったが、最低限の仕事は果たしていたらしい。彼女が用意していた屋外結婚式場は、簡素ながらも素晴らしい出来だった。
見晴らしのいい丘の上に、門のようなオブジェが立っている。ここで新郎新婦は愛を誓い合うらしい。純白のペンキが塗られ、島の美しい貝殻や若葉で彩られている。ベルがぶらさがっているのは演出か。新郎新婦が二人で鳴らす鐘が、島中に響き渡るのだろう。

オブジェの前には、木の椅子が並べられている。削った丸太を並べただけのようだが、これはこれで味がある。

一番の見所は、やはり立地だ。丘からは海を眺めることができ、爽やかな潮風が流れてくる。この日はあいにくの曇天だったが、明日は青々とした海原を見渡せることだろう。

手作りの結婚式にしては、かなり趣がある。ラフタニアの熱量が伝わる。

――結論から言えば、ラフタニアは失恋した。

呼び出したクラウスに、ラフタニアは思いの丈をぶちまけた。いかにクラウスのことを愛し、六年前の思い出がどれだけ支えだったか。まだお互い分からないことも多いだろうが、それはこれから埋めればいいことを丁寧に主張した。

グレーテは少し離れた場所に立ち、ラフタニアの告白を見守った。

「こ、これは式のために作ったブーケじゃ」

ラフタニアは白い花が束ねられた大きなブーケを差し出した。

これもアネットが用意していたな、と思い出す。

「このブーケを持つ儂を、明日はエスコートしてくれるか？」

恥ずかしそうにブーケを持ち上げるラフタニア。

クラウスは彼女の話を聞き終えると、彼女の耳元に口を近づけた。

「ラフタニア、お前に言葉を贈るなら――」

それ以上は聞き取れなかったが、決定的な一言であったらしい。

クラウスはこの日のために、彼女の心を砕くセリフを用意していたようだ。

愕然としたようにラフタニアは目を見開き、身体からすっと力が抜けるように足をふらつかせた。後ずさりをする。目元を袖で拭う素振りをすると、クラウスに背を向け、逃げ出すように走り出した。

グレーテのところまでやってきた彼女の顔は、涙でぐしゃぐしゃになっていた。

「失敗じゃったよ……こっぴどく拒絶されてしまったよ」

自嘲するような笑みを見せている。

「………儂の運命は、変えられんな……」

再度目元を拭うと、制止する間もなく、すぐに走り去ってしまった。

グレーテにとっては恋敵の失恋だったが、喜ばしい気持ちにはなれなかった。むしろ健闘を労わりたい感情が溢れていた。

次に控えるのは、自分の番だったからだ。

クラウスはラフタニアが去った後も、しばらく丘の上から動かなかった。ラフタニアが消えていった方を見るわけでもなく、霧がかかり始めた海へ視線を投げている。無表情。寂しさを抱いているようにも、疲れているようにも見える。

新婦であったはずの女性が去った結婚式場に、彼は一人、立ち続けている。

流れてくる空気の湿度が増しているように感じられた。もうじき雨が降るのかもしれない。その前に帰らなくては、とクラウスの横顔を確認する。

彼は鬱々とした瞳のまま、口を閉ざしている。

果たしてどれだけの時間が経ったか。

やがて彼は、ずっと見守っていたグレーテの方へ身体を向けてきた。

「グレーテ、よく彼女を焚きつけてくれた」

淡々とした声音で語りかけてくれる。

「これで結婚式など諦めてくれるだろう。アイツの方が中止の旨を広めるはずだ」

「……ボスは何を伝えたのですか？」

「ラフタニアが抱えていた秘密だ。お前が知る必要はない」

何か弱みを突いたようだ。残酷にも感じるが、円満に結婚式を中止させるために必要だったらしい。

クラウスは必要以上を語らず、歩き始めた。

「さぁ、グレーテ。残り僅かになってしまったが、まだバカンスは残っている。後はゆっくり過ごすとしよう」

そんな背中にグレーテは声をかけた。

「……ボス、少々お待ちください」

「ん……？」

「早着替えは得意ですので」

最低限の説明だけ伝え、木陰に向かう。

グレーテの手には、大きなカバンが握られている。その中身はこの日のために用意してきたものだ。製作期間は長く取れなかったため、元あるドレスを改造して作り上げた。寝る間を惜しみ、エルナの手伝いもあって完成させることができた。

結婚式場そばにある木陰に隠れ、グレーテは着替え始める。変装を得意とする彼女は、一瞬で着替える術（すべ）も習得している。コルセットは事前に身に着けている。

純白のドレスを身に纏（まと）い、グレーテは木陰から姿を出した。

「…………ウェディングドレスか」クラウスが呟（つぶや）く。

「この格好でアナタの横に立ってみたかったのです」

いわゆるAラインと呼ばれる形状だ。引き締まった腰元から足にかけて、大きくスカートが広がっている。派手な飾りは好まないので、胸元に白いバラを模した飾りをつけるだけにとどめた。頭に銀色のティアラをつけ、ベールを顔に下ろしている。

クラウスはすぐに答えてくれた。

「――極上だ」

心がふっと浮き立つような幸せが、全身を巡った。

バカンスの思い出作りとして、どうしても纏いたかったのだ。ラフタニアには悪いが、せっかく用意してくれた式場を用いないのも、もったいない。

アネットは、これを見越していたのだろうか。彼女の真意など考えても分かりはしないだろうが。

「ボス」

チャペルを模したオブジェの前でグレーテは口にした。

「ボスは、このバカンスで大きな決意を固めているのですよね？」

「お見通しか」

「だからこそ、このタイミングで、わたくしからもボスの気持ちを伺いたいのです」

クラウスは小さく頷き、自分の下に歩み寄ってくる。

やがて彼が自身の正面に立った時、グレーテは言葉を放つ。

「かつて、わたくしはアナタに想いを伝え、そして『恋仲にはなれない』と告げられました。だから、これからの質問はその再確認になるだけなのかもしれません」

荒ぶる感情に泣き出したくなるのをぐっとこらえ、言葉をぶつける。

「ただ、それでも、ほんの少しの心変わりを願うことは高望みなのでしょうか……？」

九か月だ。

グレーテたちが『屍』の協力者、オリヴィアを打倒し、クラウスから想いを告げられた日から、それだけの日数が経過している。失恋したものとして受け入れ、それでもクラウスへの想いは消えずに、彼を慕い続けている。

だから、つい妄執を抱いてしまう。欲が出てしまう。

彼の心変わりに——自らの恋心の成就に。

「…………………………」

返答にはかなりの時間がかけられた。

クラウスはおもむろに彼自身の顔に触れ、考え込むように押し黙り、そしてまた緩慢に手を離し、グレーテに視線を移した。

「お前には誠実に向き合わなければならないな」

彼はゆっくりと呟いた。

「……………戸惑う時がある」

「……？」

「望まないわけじゃないんだ……いつの日にか、誰か女性と恋に落ち、結婚し、子どもを育み、温かな家庭を築くことを……稀に……」

聞き逃しそうな程、小さな声。

「――僕だって夢想しないわけじゃないんだよ」

「え………」

彼の瞳がグレーテを正面から捉えていた。黒々とした瞳に反射するように、グレーテが息を止めている姿が映っている。

これまでそんな戸惑いをぶつけられたことなどなかった。

彼にとっては、自身はスパイチームの部下であり、生徒。あるいは愛すべき家族――妹のような存在にすぎないはずだった。

――何かが変わったのか？

――クラウスの中で、本人にも想像のつかない変化が生まれている？

驚愕（きょうがく）のあまりに呼吸を止めてしまう。

「いや、こんな整理しきれない言葉、お前を困らせてしまうだけだな。すまない。僕はやはり言葉が得意じゃないな」

クラウスが申し訳なさそうに視線を外した。

「ただ……勝手な夢を見て、ふと虚（むな）しくなるんだ」

「…………っ」

「そんなもの、全部――幻なのに」

諦念が込められた吐息に、胸が苦しくなる。

もちろん理解している。彼の双肩（そうけん）には、国を救うスパイとしての責任が重くのしかかっている。彼が愛する『焔（ほむら）』の使命を引き継ぎ、祖国を守り抜かねばならない。『焔』が壊滅した原因である《暁闇計画（ノスタルジア・プロジェクト）》の全貌を解き明かさなくてはいけない。

恋にうつつを抜かしている暇などない。

そして、なにより彼は――。

「…………っ」

伝えたい言葉が心に奔流のように溢れ出す。

――困らせていい。そしてアナタを困らせたい。同じだから。脆弱で臆病な心が見せる幻に、どうしても感情が揺れてしまう。ありえない、と諦念の笑みで受け流しつつ、それでもまた手を伸ばしてしまう。夢の欠片を探すように。それが困惑と呼ぶ感情でも、いつまでも浸っていたい。アナタも溺れる程に困ってほしい。幻に縋り続けてほしい。

そんな乱暴な感情がいくつも混ざり合って、中々口に出すことができない。

歯がゆい思いに駆られていると、視界の端に異様なものが映った。

「海賊船…………？」

「は？」とクラウスが珍しく間の抜けた声を漏らした。

あまりに唐突な出来事だった。

なんの前触れもなく、訪れた。

が、確かに見える。クラウスの背中越し。島南西の海に海賊船が浮いている。曇天で日が隠れ、白い霧も立ち込めているためハッキリと見えない。だが、天を突くような三本のマストが立ち、黒いボロボロの帆を広げた船がゆっくりと移動している。

どう見ても近年に作られた船には思えない。海賊船だ。

「っ、いや、そんなバカな――」

咄嗟に振り向いたクラウスが動揺したような声を出した。

さすがの彼でも理解できない事態らしい。

二人で呆然としていると、海賊船はやがて霧の海へ消えていった。最初から海賊船などなかったように、平和な海に戻っている。

「…………見間違いだろうか」

クラウスが不思議そうに呟いた。

それがもっとも妥当だ。島の近くを通りかかった艦船かフェリーが、光の加減で海賊船に見えただけ。それが常識的な発想。

しかし、そんな結論を認めたくはない。

「あるかもしれませんよ……！」

グレーテはハッキリと口にした。

「幻と思えるものだって、この世界にはあるのかもしれません……っ！」

強く言葉をぶつける。

感情を揺さぶられ、涙さえ込み上げてくる。海賊船はあった、と叫びたくなる。

だから認めてほしい。幻だなんて諦めたくない。

自身の恋が成就する可能性だって、実在する。

二百年前の海賊船だって、目の前に現れてくれたではないか。

「幻なんかじゃ、ありません……っ」

視界は涙で滲み、もはやクラウスの顔が見られなくなった。グレーテは純白のドレスを握りしめ、身を震わせ何度も「幻じゃない」と繰り返し訴え続けていた。

2章　海軍編

――バカンス四日目。

とある少女が、島中に名を轟かせていた。


その少女は、島一番の高級酒場にふらっとやってきた。

最初カウンター席に腰を下ろした少女は店主と意気投合し、店のもっとも奥にある、特別席に案内された。品のあるドレスを纏い、とても少女とは思えない色香を漂わせる彼女は色っぽく脚を組み、店内の男性客の視線を瞬く間に集めた。

ドレスから覗く太腿や白い艶やかな胸元に魅了された男性客は、次々と彼女のテーブルに移動し、口説きにかかる。

だがライバルは多く、手ぶらで彼女にアプローチをかけようとしてもうまくいくはずもない。男たちは島にある宝飾店でネックレスや指輪を買い、彼女に貢いでいく。少女は喜びつつも、男たちの対抗心を巧みに煽り、さらに闘いを沸き立てる。

店内の客には「ケッ、あんな小娘の何が良いんだか」と舌打ちをする男もいた。

だが、そんな客には少女の方から近寄り「ごめんなさい、お騒がせして」と手を握る。

僅かに少女が頭を下げた時にドレスから覗く胸元。そして、なによりも美しい少女の瞳。

しばらく男が見惚れていると、少女はまるでそんな男の願望を読んだかのように「お酒詳しいのね。良かったら教えてくださらない？」と男の自尊心を上手にくすぐる。

そして毛嫌いしていた男もでれっと相好を崩し、彼女のファンへと堕ちていくのだ。

噂は噂を呼び、多くの男が通い詰め、島内最大の逆ハーレムが形成されていった。

そんな夜が三日三晩続き、当の少女――『夢語』のティアは高らかに笑っていた。

「ふっ、今の私は絶好調よ！　不思議な力が漲ってくるわ」

貢いでもらった高級ドレスを纏い、夜の街を闊歩する。

離島であるマルニョース島といえど、海軍基地周辺の繁華街はそれなりに栄えている。

一仕事終えた軍人をターゲットに、本国から経営者が渡ってきて、店を展開したのだ。

白い煉瓦で造られた、島独特の建造物が百メートル以上並んでいる。夜には橙色の明かりで満たされる通りには、本国から移入したチーズやワインが楽しめる店や、島の新鮮な食材を使った鉄板焼きの店など、個性のある飲食店でにぎわっていた。

その中央でティアは、我が世の春が来たと言わんばかりに両手を広げていた。

「そうっ！　つまりは私の黄金時代よ！」

周囲には、ティアをエスコートする男たちが群がっている。この美しく男心を巧みにくすぐる少女と、少しでも良き時間を堪能しようと一致団結しプランを練っていた。

ティアは男たちに先導されながら、ほくそ笑む。

「……自尊心の満たされっぷりが凄まじいわね」

周囲には聞こえないよう、小声で呟く。

「フェンド連邦の任務ではメンタルが削られたわ。モニカと一緒に『灯』を裏切り、反政府連合『烽火連天』を結成させるまでは完璧……しかし、その実モニカにも裏切られる、私の道化っぷり。あり得なくない？　『モニカの相棒は私よ！』って啖呵を切った十分後に、裏切られたんだけど。挙句、任務終盤はＣＩＭの人たちに監禁され、私の存在感は激薄……任務と完全に隔離され、暇で仕方なかった私は毎日、新聞をビリビリに破いて、それをパズルのように再度繋ぎ合わせて楽しんでいたわ」

当時を思い出すと、頭が割れるような痛みに苛まれる。

が、記憶を振り払うように「けれどっ！」と夜空に向かって叫ぶ。

「今の私は、完璧に満たされている！　これこそまさに真実の私。ディス・イズ・ザ・リアルワールド！　あの苦難は、このための試練だっ——」

「うるせえええええええええええっ‼」

道の脇から突如風のような速度で現れた誰かが腹を殴りつけてきた。

ぐほっ、と唸（うな）っている間に連行され、男たちに気づかれることさえなく、人気（ひとけ）のない路地に連行される。

モニカだった。なぜか怒っている。

「キミさぁ！　この三日間でどれだけ騒ぎ歩いてんの‼　もうこの島で伝説になってるよ⁉　『大陸から黒髪（くろかみ）のサキュバスがやってきた』って！」

「だってバカンスだもの……」

「仲間であるボクたちの身にもなれよっ！」

モニカが本気で声を荒らげている。腰に手を当てて、やれやれ、と言わんばかりに首を振っていた。

「でも、モニカ。どうしたの？　こんな町まで降りてきて」

顔にはフードが被（かぶ）せられている。

「用件だけ果たしたらすぐ戻るよ」

彼女は死亡として処理されたとはいえ、国際的テロリストとして顔写真が出回っている身である。本当は人目の多い場所には来てはいけない。

「サラをどこかで見なかった？　至急、ペットを借りたいんだよね」

「ん、あぁ。昼間はこの辺を歩いていたわね。島民の人たちに可愛がられていたわ」

海軍基地周辺の町で楽しんでいるサラの姿を何度か見かけたことがある。

モニカたちは海賊伝説を追っているようだが。

「その様子だと宝探しは苦戦しているようね」

「探すのが宝なら良かったんだけどね」

「…………？」

「気にしなくていい。キミは充実しているようだね」

話題を変えるようにモニカが口にした。

通りの方では、突如消えたティアを探して男たちが右往左往している。

「男女比の問題よ」種明かしをする。

「ん？」

「人口二千人弱の島に、ほぼ同数の軍人がやってきた。軍人の大半は、もちろん二十代から五十代の男性。女不足は仕方ないことだわ」

それが、ティアがここまでモテている理由だった。

ティアに入れ込んでいる男の大半は、海軍所属の独身男性だ。女性軍人の数は少なく、島にも若い女性は多くない。恋愛市場は、圧倒的女性優位。

その結果、ティアがまるでお姫様扱いされるという訳だった。

「――プリンセス・ティアと呼びなさい」

「黙れよ、淫猥サキュバス！」

モニカは侮蔑の言葉をぶつけ、立ち去っていった。

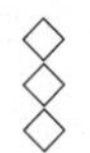

――バカンス五日目。

三日三晩の夜遊びを終えて、ティアは宿でスケジュール帳と向き合っていた。毎晩毎晩男の家を渡り歩いてもよかったのだが、さすがに他の仲間にドン引きされかねないし（もう手遅れという気もしなくもないが）とにかく一日一回は宿に戻るようにしている。

ベッドで彼女は眉間に皺を寄せていた。

（中々過密なスケジュールになってきたわね……）

残りの日々をどう埋めるか算段を立てていた。

仲良くなった軍人からは様々なデートを申し込まれている。「海軍だけが行ける、洞窟や温泉を案内してあげるよ」とか「艦船に乗ってみるかい？」とか、普通では体験できない遊びも提案されている。

ティアが、うーん、と低く唸った。

（本当は他の子たちも集めて、騒ぎたいんだけど……）

きっと楽しいに違いないが、大々的に実行できない理由があった。

――『全員で集まっていいのは、一日目、十三日目、十四日目のみだ』

バカンス前、クラウスが与えてきた謎のルール。

そのせいで人を集めることはできない。誘えて数人だけだ。

（アレ、どういう意味なのかしら？）

意図が分からない。だが、あの男が何の意味もない制限をかけることはないはずだ。

少女たちをバラバラに行動させる理由。

（まるで何かの予行練習をさせるみたいに――）

そんな推理を働かせていた時だった。

「――貴様らよく聞けっ‼　静粛にしろぉ！」

（怒号……？）

宿の前から、恫喝するような声が聞こえてきた。

聞き覚えのある声だった気がして、すぐさま宿の前に降りていく。

ティアが泊まっている宿の前には広場がある。そこに多くの島民が不安そうな表情をして集っている。

中央には海軍の男が三名。声を張り上げていた。

「今朝未明、メルシェ少尉の遺体が発見された。遺体の損壊は激しく、殺人事件であることは疑いようもないっ‼　貴様ら島民が海軍を逆恨みしていることは分かっている」

叩きつけるような声で言った。

「犯人に心当たりがある者は名乗り出よ！　さもなくば貴様ら一人一人を尋問していく」

聞くに堪えない罵声に、ティアは眉を顰めた。

なにやら事件が起きたようだが、犯人の決めつけが過ぎる。証拠不十分な状況で、無理やり犯人を捕らえようとしているようだ。

「滅茶苦茶じゃない……」

呟くティアの隣には、島民の男性が立っていた。彼も同様の気持ちのようで、呆れたように「今朝から各地区でやっているみたいじゃ」と教えてくれた。

広場に集められた島民たちは、困ったようにお互いに目を合わせている。そんなこと言われても困る、と無言で主張していた。

静まり返った広場で、海軍の男たちだけが顔を赤くしている。

誰かがぼそりと呟いた。

「……犯人がいる訳ないじゃろ。海賊の呪いじゃて。これまでしっかり捜査してこなかったツケが回ってきたのじゃ」

「おいっ！　貴様っ、何か言ったか⁉」

すると、目ざとく海軍の男が反応した。くわっと目を吊り上げ、今にも殴りかからん勢いで住民を押し分け、一人の女性に近づいていく。

「海軍に盾突く態度、疑わしいな！　まず貴様を連行してやろうか！」

あまりに横暴だ。

しかし、島民たちは体格のいい軍人には刃向かえないようで、誰も女性を庇う者はいなかった。気の毒そうに状況を静観している。

軍人に詰め寄られ、女性は「いやじゃっ……」と怯え切っていた。

「無駄な抵抗はするな！　さぁこっちに――」

我慢ならなかった。

すかさずティアが割って入り、軍人の進路を遮るように立つ。

「――あら？　ニコラさん、昨晩はどうも」

相手の足を止めたところで、身体の横に回る。正面からではなく、腕を組むように抱き寄せ、相手の横から甘えるような声音で口にした。

「どうしたの？　そんなに声を荒らげて」

「ティ、ティアさん⁉　今は仕事中でして――」

相手はティアの知っている男性だった。突如身体にしがみついてきたティアを見て、狼狽するように声をうわずらせる。

「そう言わないで。『今度、基地に連れて行ってくれる』って約束したじゃない？」

他の島民には聞こえないよう、耳打ちする。

「ね？　今からじゃダメ？　アナタの部屋に行ってみたいの……私って忙しいのよ？　あと数日で帰国しちゃうのに。後悔しないのかしら？」

「――っ」

相手は目に見えるほどハッキリと唾を飲み込んだ。口が情けなく半開きになる。

彼は一度ハッと目を見開いた後、慌ててティアを自分から引き剝がした。

「い、今すぐはさすがに……ただ、すぐに仕事を切り上げますので。後で」

必死になった早口に、ティアはくすりと頷いてみせた。

その仕草もまた彼の心を揺さぶったようで、彼は顔を俯かせる。

結局尋問が行われることなく、二言三言、住民に警告するような言葉を放ち、軍人たちは次の地区へ行ってしまった。


とりあえず騒動は収束させたが、軍人の横暴な態度はどういうことなのか疑問だった。

気になっていると、ちょうど、見慣れた少女が足早に歩いている姿が見えた。

「あら、ラフタニアさん」

覚えていたので、声をかける。

グレーテたちが泊まっている宿のスタッフだ。まだ島に来たばかりの自分たちに、島の名所などを隈なく教えてくれた。

「……ん……ん？　あぁ、クラウス様のところの」

ラフタニアは一瞬煩わしそうに眉を顰めたが、すぐに思い出してくれたらしい。ティアの活躍を見ていたらしく、感心するように頷いている。

「遠目に見ていたぞ。うまく男を弄んでおる、と思ったら、まさかクラウス様の教え子じゃったとはな。さすがじゃな」

「ええ、これくらいはお手の物よ」

「ちなみに、あの軍人の耳元で何を言ったのじゃ？」

「彼、靴フェチなの。私の足にぴったり合う靴を作りたいんですって。そのお誘い」

「儂には理解できん世界なのは分かった」

心底呆れるようにラフタニアが息をついた。

ティアはそこで彼女の出で立ちに気が付いた。

「ラフタニアさんこそ凄い荷物ね。お仕事中に邪魔しちゃったかしら」

「ちょっと肉やら野菜やら、市場で買い込んできた帰りじゃ。今晩、儂自らクラウス様に手料理を振る舞おうと思ってな。どれも島自慢の新鮮素材じゃ」

ラフタニアは背中を向け、背負っている大きなカバンを見せてきた。

ティアは苦笑した。なぜか『クラウスの許嫁』を主張する少女。十中八九勘違いだと思うので、どう指摘すればいいのか分からない。

話題を変えるように、ティアは改めて軍人が去っていった方向を見た。

「それよりも――」

声のトーンを落とした。

「――あの態度は、さすがに酷いわね。いつも島民にはあんな感じなの？」

それを聞きたくてラフタニアを引き止めたのだ。納得のいかない光景だった。

ラフタニアは肩を竦める。

「ふん。島民と軍人の仲が悪いのは、今に始まった話じゃないがな」

「あら、そうなの？」

「アイツらは基地の拡大を目論んどるからな。そのために島民を追い出したがっている。儂らからしてみれば呪われて当然のやつらじゃ」

苛立ちの溜め息をつき、連続不審死事件や海賊の呪いについて語ってくれた。『三か月に一度、島の誰かが惨殺される』という異常な事件。既に十人以上が殺されており、犯人はいまだ見つからない。

（なによ、その理不尽な事件……）

ティアは惨たらしい話に息を止める。

事件のあらましを聞いただけでも怒りに震える。

（それに海軍の動きも妙ね。世界大戦以降、ライラット王国は僅かであれど、軍事費を削減している。なのに、こんな離島でわざわざ基地を広げる理由ってなに……？）

少なくともティアの知識とは異なっていた。そもそもライラット王国の海軍の予算は年々削減されて、国際条約により持てる艦船も制限されている。

ディン共和国のスパイとして、見過ごしていい問題ではなかった。

（海軍の様子がおかしい。くわえて島では惨劇が起きている……）

ふと、あるアイデアが頭を過った。

元々バカンスをどう過ごそうか、頭を悩ませていたところだ。夜遊びは十分にした。

ティアの目の前には、まだ海軍に怯えている島民たちがいる。恫喝しながら島中を巡る軍人に、島民はすっかり萎縮してしまっているようだ。

（それに、なにより――）

込み上げてくる使命感と共に口にする。

「ちょっと私、動いてみようかしら。事件の解決のために」

「はぁ⁉　なんでお前が――」

ラフタニアが愕然としたように声をあげた。

彼女からしてみれば当然か。ただのバカンス中の観光客が突然言い出したのだから。

しかし、それはティアにとっては仮初の姿。

「でも、この事件の犯人を野放しにしていいわけないでしょう?」

「いや、それはそうじゃが……」

「それに一番、向いていると思わない? 島の警察でも手出しできない海軍たちとの間に割って入っていける、島外の人間――私こそが『黒髪のサキュバス』よ」

自身の胸に手を当て、唇の周りを舌で濡らした。

「ヒーローはね、他国だろうとバカンス中だろうと、困っている人間を見捨てないわ」

ゆえにティアは動き始める。

連続不審死事件を解き明かし、島民と海軍の争いを解決する調停者として。

――バカンス六日目。

捜査を開始するにあたって、諸々の下準備を進めた後、ティアはあるメンバーの力を借りることにした。今回の捜査に適任と思われる人物がいたのである。

昼間、宿に呼び出した彼女へ、事の経緯を説明した。

「という事情よ、サラ。サポートをお願いできるかしら？」

「了解したっす！　協力しますよ」

今回相棒として選んだのはサラだった。

彼女は力強く頷いてくれた後、隣にいる鷹と鳩の頭を優しく撫でた。

「島の人たちにはよくしてもらったっす。この子たちにご飯をくれたり、遊んでくれたり。この島の人たちの命を奪い続けている存在なんて許せません」

この数日は、主に自然の中で動物と駆けまわったり、あるいは町を散歩したりして、穏やかに過ごしていたようだ。島民への恩返しを考える程に、充実していたらしい。

「良かった。せっかくのバカンス中なのに、悪いわね」

あっさりと快諾してくれて、ティアは胸を撫でおろした。

「いえいえ、自分を頼ってくれたんすから。断りませんよ」

にこやかに微笑むサラに、ティアは一層大きな笑顔で返した。

「頼るに決まっているじゃない。前回の任務では、大活躍だったもの」

「ん。えへへ、あ、ありがとうございます」

「その力を借りたいの。あの『灰燼』のモニカの愛弟子にして、世紀のテロリスト『白蜘蛛』を打倒。もはや各国が注目するスパイじゃないかしら？」

「そ、そう褒められると……！　こ、今回も頑張ってみせるっす」

「本当？　全力で協力してくれるのね？」

「はい、もちろん！　『草原』のサラ、存分に力を発揮してみせるっす」

「ありがと――じゃあ、ホステスになって」

「はい！　それくらいお安い…………え……ん？」

言質は取った。

あとは絶対に逃さないよう、両手を強く摑んだ。

「……ホステス……？」

サラは一瞬で顔を白くさせ、やがて真っ青になっていき、硬直する。

ティアは構わずに彼女の手を強く振った。そして、部屋のクローゼットを開け、事前に用意していた煌びやかなナイトドレスを見せつけた。

「さっ、色めく夜の世界に行きましょう。大丈夫、サラならすぐ稼げるようになるわ」

「～～～～～～～～っ‼」

叫び出したサラを無理やり組み敷くことから、ティアの捜査は始まった。

ナイトクラブに潜伏する理由は、もちろん情報集めだ。

島には海軍の軍人向けに、本国にも負けず劣らずの豪華な設備が整ったナイトクラブが建てられていた。本国の経営者が出稼ぎ感覚で始めた店らしい。

薄暗い店内には、Uの字形のソファがいくつも並んでいる。訪れた男性客に数人の女性が応対するシステムである。

店内には多くの間接照明が焚かれ、空間を薄青色の光で照らしていた。

こういった店がもっとも男性の口が軽くなるというのが、ティアの経験則。

既に店のママには話をつけてある。ティアの名声は既に知っており、即日雇い入れてくれ、サラの存在も了承してくれた。

「ほら、サラ。お酒を作って。相手がタバコを咥えたら、すぐライターを差し出しなさい。灰皿は常に綺麗な状態。お客さんが吸い殻を落としたらすぐ取り換えて――」

「知らないっすよおおおおおおぉっ‼」

そんな店内でサラが顔を真っ赤にして悶えていた。

彼女が身に纏っているのは、白いブラウスに短めのタイトスカート。あまりけばけばしい装（よそお）いは似合わないと判断し、地味な配色にしたが、肩は完全に出ているし、スカートは膝上までの丈しかない。

「嵌（は）められたっす！　最初から知っていたら絶対に断っていたっすよぉ！」

サラが嘆いている。

「うぅ。なんで自分がこんな役回りを……」

彼女はソファの端っこでふるふると震えながらグラスに氷を入れている。アイスバケットから氷を移すだけだが、指先が揺れるせいで何度も失敗していた。

既にティアとサラの元には、三名の男性客がついていた。

全員がティアの胸元の空いた黒いドレスにウットリし、その直後、カチコチに固まっているサラを見て首を捻（ひね）っている。

「ティアちゃん、この子、大丈夫？　汗凄いけど」

「はい、男慣れしていない子で」

「い、一応聞くけど、成人？　そもそも就労ビザとか――」

「ふふっ、細かいことは気にしないでください」

もちろん法律的にも倫理的にも色々とアウトな訳だが、元々スパイ活動をしている身なので、気にしない。身分証明書と就労ビザはもちろん偽造。

ティアは男たちに向かって、諭すように微笑んだ。

「ただ、どうかしら？　こういう初心で、パニックになっている新人の子を愛で続けるというのも趣があると思わない？」

三人の男たちは、なるほど、と頷いて、改めてサラの方を見た。

サラはまだ顔を真っ赤にさせて、氷を一個移動させるだけで苦戦している。一瞬だけアイストングで持ち上げるが、すぐに落としてしまうドジっぷり。

彼らもすぐに気が付いたはずだ――困らせると可愛いタイプだ、と。

「サラちゃん！　お酒作って！」「俺もっ！」「自分もっ！」

よってたかってサラに要求する三人の男たち。

突如声をかけられ、サラは、ひえっ、と両肩を跳ねさせた。

「はっ、はい。少々お待ちを……」

「好きなタイプはっ！」「男性経験は？」「初恋の思い出は？」

「そ、そんな突然言われても……」

「ポーズ取って！」「ダブルピース！」「もっと腰を捻って。両脇を見せる感じで」

「え、あ、いや……こ、こうっすか……!?」

「罵って！」「叩いてっ！」「踏んづけてっ！」

「変態だらけじゃないっすかっ⁉　変態！　変態っす‼」

男性客にいいように弄られつつも、頑張って接客しようとするサラ。

この職業に向かないのは明白だが、生来の真面目さから一応、男性客を不愉快にさせないように頑張ってくれている。

内心でティアはほくそ笑んだ。

（うまく男たちの緊張が解けている……）

これがティアの狙いだった。あまりに男慣れしすぎており、既に名が知れ渡っている自分が表立って動けば、余計な警戒をされかねない。

（さて、と――）

この妙にノリがいい軍人たち。その実、地元警察と連携し、今回の不審死事件の捜査に当たっている軍人たちだ。捜査チームのリーダーを務めている体格のいい男性軍人に、少し気弱そうな華奢な男と肥満体型の男という三人組。

事前にクラブのママと相談し、彼らが来たらティアの席に通すよう頼んでおいた。

「ねぇ、ちょっと小耳に挟んだのだけれど」

三人の酔いが回ってきたところで切り出した。

「例の事件、犯人の目星が既についているって本当？　昨日、アナタのところの人が自慢げに語っていたけど……」

「んん？　ティアちゃん、そりゃデマだよ。全然さ」

すぐに捜査リーダーの男が反応した。すかさず肥満の男が「さすがに捜査情報を外部の人間に伝えるのは……」と宥めるが、聞く耳を持つ様子はない。

「バカッ。どこの誰だか知らねぇが、ティアちゃんの気を引こうと、見栄張ってんだよ。そんなホラ吹き、放っておけるかっ！」

あえて見当違いの話を振ると、人はつい否定したくなり口を割る。

リーダーの男は部下に怒鳴った後、優し気な顔をティアに向ける。

「正直、事件はまったく進展していない。もちろん、この島で起きている連続不審死事件と関連づけているがな。まったく手がかりがない状態だ」

苛立たし気に酒を呷っている。

「どの事件も目撃者はなし。遺体の損壊が激しいせいで被害者の特定さえ時間がかかる。ましてや加害者なんて……昨日見つかった遺体もバラバラだからな。発見当時から仲間が海岸でずっと捜索しているが、まだ見つかってねぇ部位もある」

「……手がかりを消すためにバラバラにしたってこと？」

「その線はある。けどな、一体どんな道具を使ったのか、見当もつかねぇ。少なくとも、こんなチンケな島の警察じゃ手に負えねぇよ。俺らが出張(でば)るしかねぇ」

「犯行には謎の道具が使われているってことね」

リーダーの男は酒を一気に呷った。

「狂った凶器マニアがいる。最悪、一軒一軒島民の家に踏み込むしかなさそうだ」

さすがにそれは、と諌(いさ)めたくなるが、他に調べる方法もないのだろう。リーダーの男の憔悴(しょうすい)しきった顔が物語っている。

しかし、このままでは島民と海軍の溝は深まるばかりだ。

「……呪いってのが、あるのかもなぁ」

すると、ずっと黙っていた華奢(きゃしゃ)な軍人が呟(つぶや)いた。

大分酔っぱらっているのか、かなり顔も赤い。涙目になって、ちらちらと甘えるような視線をサラに投げかけている。

「……島中の人間が語っているだろう? 基地の拡大なんかを目指すから」

他の軍人たちは「おいおい」「お前まで何を」と呆(あき)れるような目を向ける。

華奢な軍人の愚痴は止まらない。泣き上戸らしい彼はそのままワッと泣き出し「サラちゃぁん、おれ、こわいよぉ」と絡(から)みだした。

サラは困ったように「と、とりあえずお水をどうぞ……」と宥めている。

彼の対応はサラに任せ、ティアは再びリーダーの男に視線を投げた。

「そもそも海軍はどうして基地を拡大なんてしようとしているの？」

「――全ては中将の意向さ」

これにには、ハッキリとした返答が戻ってきた。

「けど、理由など分からん。一体、本国にもどう説明しているのか。あの人の考えることなど、誰にも分からんのだ」

情報は仕入れている。

――グラニエ中将。

このマルニョース島海軍基地を仕切っている統括責任者だ。世界大戦以来ずっとこの地に居座り、島民から毛嫌いされている。

「殺されたメルシェ少尉は、中将のお気に入りだろ？　やっぱり呪い殺されたんだよぅ」

華奢な男はまだ、サラに甘えていた。

島民の多くも噂をしていた。大海賊ジャッカルが財宝を守るためにかけた海賊の呪い。

非現実的な話だが実際に、三か月に一度、島にいる誰かが惨殺されている。

「――島を侵すものは、呪われるんだ……」

華奢な男の弱音が、妙に生々しく耳に残った。

一通り情報を手に入れると、すぐにホステスの仕事を切り上げた。

二人並んで、宿がある島の西側へ向かっていく。サラとは違う宿だが、道は同じだ。すっかり凝ってしまった肩を揉み解しながら、海沿いの道を歩いていく。

「やっぱり、もう少し上の立場の人間に会わないと要領を得ないわね」

「自分はもう疲れました……」

サラはへとへとに疲れ果てていた。がっくりと肩を窄め、腰を大きく曲げた姿勢で、力なく歩いている。

「サラちゃん、面白いトークしてっ！」

「ティア先輩まで求めないでほしいっす！」

一応無茶ぶりをしてみたが、さすがにもう対応してくれないようだ。

たくさんの記憶がフラッシュバックしたのか「あああああぁ」と突如叫び「ティア先輩との捜査はこりごりっすよおおおぉ！」と自身の宿の方へ走り去っていった。

あっという間にサラの姿は見えなくなった。

「……やっぱり無理をさせすぎたかしら」

さすがに一日くらい休ませてあげないといけないようだ。

（…………ただ捜査はまだ始まったばかりよ。バカンスが終わるまでに解決しないと）

今後の捜査計画を考えながら、自身の宿に辿り着く。

ティアが借りているのは二階の部屋。同じペンションを借りているモニカ、ジビア、リリィはまだ帰宅していないらしい。

扉を開くと、異様な光景が目に飛び込んできた。


――ティアの部屋は、水浸しになっていた。

「…………………………………はい？」


思考が停止する。

突然の出来事に認識が追いつかなかった。

天井から水が滴り落ち、床には大きな水たまりができている。壁はバケツで水をぶちまけたみたいに、ぐっしょりと濡れていた。ベッドは倒され、クローゼットは開け放たれ、中の衣類から水が滴っている。

「なっ――」思わず悲鳴をあげた。「なんなのっ、これ⁉　なんで突然……！」

まるで意味が分からない。

ただ鼻を刺激する臭いが気になった。思わず鼻を押さえる。

（……………海水？）

磯臭い。

部屋にぶちまけられていたのは、海水だった。壁には海藻がへばりついている。

——まるで海から上がってきた何かが暴れていったような。

「気持ち悪い……なんなの、これ………っ」

間違いなく鍵はかけていた。窓は割れていない。なのに室内の惨状はなんだ？

「——呪い……なの……？」

まるで状況が摑めないまま、立ち尽くすしかなかった。

ティアの島生活に、何か異変が生まれているのは明らかだった。

――バカンス七日目。

別の部屋で眠ったティアは、翌朝に現場の確認を始めた。さすがに昨晩に行う気力は残されていなかった。もちろんペンションの主人にも報告したが、彼は高齢のためか「はぁ」と惚けた素振りを繰り返すばかりであまり頼りにはならない。

ティアは別の島民の手を借りることにした。

「どう、ラフタニアさん？　この島には、部屋を荒らすような動物はいるのかしら？」

助っ人として、知り合いであるラフタニアを呼んできた。彼女は妙に疲れている顔をしていたが、付き合ってくれ、部屋の惨状を見て「うぉっ⁉」と悲鳴を上げる。

そして現場を確かめると、残念そうに首を横に振る。

「いや、もちろん猿や猪くらいは山の方にいるが……さすがに鍵がかかった二階の部屋を海水で荒らすような被害は聞いたこともないな」

「そう。じゃあ、間違いなく人間の仕業ね」

「盗まれたものはないのか？」

「いや、それが何もないのよ」

貴重品は全て金庫に残っていたので、窃盗目的ではないようだ。ちなみに宝飾品の多くは昨晩身に着けてナイトクラブに出勤していたため、被害はない。

「警察に相談するしかなさそうじゃな」ラフタニアが唸る。

「それは、ここの宿の主人の判断に任せるわ。警察が調べて分かるとも思えないけど」

納得いかない顔でラフタニアが洋服箪笥の棚を開けた。

中に詰まっていた海水が跳ね、彼女の顔に飛び散った。「っ」と声をあげ、尻もちをついた。

「……これは」彼女が掠れた声で呟いた。「あまりに気味が悪いな」

「衣類は全部捨てるわ。さすがに気味が悪くって、洗濯しても着られないもの」

言ってみれば、被害はその程度だ。

情報を集め終わっても、まったくスッキリしない。

(不可解すぎるわ。この二階の部屋まで海藻や海水を運ぶ意味ってなに?)

嫌がらせ、という線も疑わしい。何者かが男遊びの激しいティアに嫉妬したという可能性。だが二階まで大量の海水を運ぶのはどう考えても手間がかかり過ぎる。

首を捻っていると、ラフタニアの異変に気が付いた。

「…………………………………………」

彼女は床に尻もちをついたまま、呆然としている。顔についた海水を拭うこともなく、固まっていた。血の気が引いたように顔が青ざめている。

「ラフタニアさん？」

「………いや、大丈夫じゃ」

ラフタニアはゆっくりと立ち上がった。

「ちょっと思い出しただけじゃ。儂の母さんのことを。あの時も顔に、血が――」

「……母さん？」

「なんでもない。忘れてくれ………ただ、まるで海賊にでも荒らされたようじゃな」

母のことはともかく、海賊という印象はティアも抱いていた。

海底から這い上がってきた何かに荒らされたような惨状。自然と呪いを連想する。宝を守るための海賊の執念。三か月に一度、島の誰かが惨殺される。

固く唇を結んで、首を横に振る。

「いいえ、そんな非現実的なものは有り得ない！」

自身を鼓舞するように言い放つ。

「事件の裏にいるのは、人間のはずよ。この島には殺人鬼がいる。捜査されることを嫌って、私を脅しに来たに違いないわ」

だとすれば、相手は悪手を打った。

一層ティアの心は奮い立った。ケンカを売られて泣き寝入りする女ではない。

──バカンス八日目。

ティアはこれまで築き上げた人脈を使い、大胆な策を取ることにした。

海軍基地潜入。

結局のところ、それが手っ取り早い手段だ。『連続不審死事件の犯人は海軍の軍人ではないか』と語る島民もいた。『連続不審死事件と海軍の基地拡大は本当に関係しているのか』という謎も気になる。やはり大本に飛び込んでいかねば。

精神的疲労のために一時離脱していたサラも幸い復活した。

「も、もうあんな仕事はコリゴリっすからね！　お願いするっすよ……！」

恥ずかしそうに顔を赤らめ、訴えかけてくる。

そして、もう一人、サラから話を聞きつけた助っ人が付いてきた。

「俺様っ、海軍基地とやらに興味がありますっ！」

アネットだった。普通ならば入れない施設に行けるとあって、目を輝かせている。

「……アナタ、噂だとラフタニアさんの結婚式を手伝っているって」

「海軍基地の方が面白そうですっ」

「気変わりが早いわね……」

とにかく、この三人で海軍基地へ忍び込むことに決定した。

非番の軍人はすぐに見つけられた。

三十代半ばの猿顔の男性軍人だ。この島に着任してから、もう五年になるらしい。中尉を務めているらしく、ティアが話を持ち掛けると、すぐに引き受けてくれた。

「いやぁ、ティアちゃんが海軍基地に来てくれるなんて。案内させてください。お友達のサラちゃんとアネットちゃんもぜひ楽しんでくださいねぇ」

デレデレと表情を崩しながら、海軍基地を案内してくれる。

間違いなく軍規違反だろうが、それでもティアの関心を引きたいらしかった。その素直さをある意味で好ましく思いつつ、基地を進んで行く。

海軍基地は、中央本部や運動場、宿舎、監視塔、整備工場などの多くの施設で成り立っている。無論ティアが忍び込みたいのは中央本部。男性軍人に甘えるように腕を抱き「あっちも見せてくれない？」と誘導すると、彼は「特別だからね」と囁き案内してくれた。

中央本部は五階建ての大きな施設だった。ここに総司令部など主幹的な部署が配置されているはずだ。

内部は随分と入り組んでいた。非常時に備え「動きやすく、覚えやすく」が軍事基地の基本だ。なのに妙に曲がり角が多く、部屋の形も分かりにくい。

「迷路みたいですね」とアネットが呟き、ティアも同意する。

やはり、この海軍基地は何か変だ。

その事実を確かめていたところで、猿顔の軍人が鼻息を荒くする。

「も、もう案内はいいかな？　ティアちゃん、そろそろ俺の宿舎へ行かない？」

「そうね。アナタは先に行っててくれない？　私たちは後で行くわ」

「え？　でもさすがにティアちゃんたちだけには……」

「少しね、事前に準備をしたいのよ——下着、とか」

顔をしかめる男性軍人の耳元で、ティアは囁いた。

「あっ、えっ、はい。じゃあそっちがお手洗いなんで。俺は、先に行きますねっ」

パニックになったように目を丸くし、彼はバタバタと走り去っていった。年の割に女慣れはしていないようだ。そういう相手をティアが選んだわけだが。

さすがに後でご褒美でもあげようか、と考えた後、思考を切り替える。

「サラ、アネット、とりあえずは——」

「資料室っすね。行きましょう」「俺様、配置は覚えていますっ」

同時に駆け出した。資料室までの道は既に案内させてある。

他の軍人たちは警備で出払っている時間帯を選んだため、誰ともすれ違うことなく、三階の資料室まで辿り着けた。鍵は二つほどあったが、アネットがあっさりと開錠する。

入ると同時に、資料室の扉を閉める。

床から天井を繋ぐような、背の高い資料棚が並んでいる。ここに過去に本国軍部と交わした資料などが保管されるそうだ。

「目ぼしい資料を片っ端から撮影するわ。最長十五分。それ以内に決着をつける」

「了解っす」「俺様っ、分かりましたっ」

さすがに読んでいる暇はない。

ディン共和国の対外情報室が作った小型カメラを取り出し、重要と思われる資料を次々と撮影していく。現像すれば、海軍の陰謀が分かるはずだ。

（資料のどこかに、基地を増設する理由が――）

もしかしたら、それが謎の多い連続不審死事件を解決する鍵となるかもしれない。そう期待して手際よくシャッターを押す。

「俺様、隠し金庫を見つけましたっ」

途中アネットが、棚をズラした先にある金庫を見つけた。

お手柄だった。サラが「凄いっす」と称え、アネットが「埃の付き方がおかしかったんです」と明かしてくれる。重要機密が眠っているのは、明らかにこの中だろう。

金庫内部には、全部で八冊のファイルが眠っている。

ティアはまず手前の一冊を手に取って、開いた。

「――――っ‼」

それは、設計図だった。

おそらくは海軍基地で作られている、新しい道具。だが驚愕したのは、その形状。

隣でサラとアネットもまた似たようなファイルを開き、ん、と声を漏らした。

（なにこれ……⁉）

（これはどう考えても普通の兵器じゃない。というより、まるで――）

少なくともティアには馴染みのあるものだった。

腕時計に模している拳銃。一定のパスワードを打ち込むと爆発するよう、爆弾が仕込まれている旅行鞄。口の中に収納できる、小型ナイフ。柄の部分から針を撃ち出せる、こうもり傘。踵にコードブックを収納できるピンヒール。

そう、それはティアたちも使用する――。

「スパイ活動のための諜報道具――そう言いたげな目だね？」

答えは資料室の入口から届いた。

いつの間にか資料室の扉が開かれており、小柄な中年男性が立っていた。

軍服のボタンが弾け飛ぶんじゃないか、と思えるほどに膨らんだ腹。本人が低身長であるため、球形のような丸い体型をしている。額には髪の一本も残っていないが、髭だけはいやに伸びて、アンバランスな雰囲気を醸し出している。

彼の名は知っていた。今回の捜査で最初に覚えた人物だ。

「グラニエ中将……⁉」

この海軍基地の総司令官が、資料室の入口に立っていた。

彼は、ふふん、と面白がるような笑みを見せ、自身の髭を摩っている。

「噂には聞いているよ。キミが例の『黒髪のサキュバス』か」

やけにフランクに話しかけてくる。

歳は五十代半ばと聞くが、威厳らしい威厳は感じさせない。だが、その事実こそが不気味さを際立たせていた。

（なに、この人？）

この資料室には窓がない。唯一の出入口が塞がれている。

ティアはまず相手の出方を観察するしかなかった。

（なんで私たちの潜入捜査を察知できた……？）

彼が海軍基地に残っていたのは理解できる。総司令官がみだりに基地から離れることはないだろう。

だが、なぜ誰にも見られず移動したティアたちの行動が見破られたのか。

いや、と唇を噛(か)む。

（——なんで私たちの潜入捜査を察知しながら一人でやってきた？）

侵入者を取り締まるだけなら部下にやらせればいい。

彼は何か自分たちと接触したい事情があるのだ。部下には知られないように。

「…………取り乱すことはなしか。さすがだ」

グラニエ中将はぽつりと呟いた。

ティアは余裕をもって微笑(ほほえ)んだ。

「ええ。素敵な御方に見惚(みと)れていただけですわ」

「——来なさい。ファイルを戻してからな」

意図が分からないまま見つめ返していると、彼は軽く口元を緩めた。

「我々の秘密を知りたいんだろう？　私自ら基地を案内してあげるんだ。不服かね？」


グラニエ中将の後に続きながら、ティアたちは基地内を歩いた。

本来ならば侵入者として直ちに銃殺されてもおかしくない状況だったが、相手にそんな素振りはなさそうだ。余計な抵抗はせずに付き従うことにする。

曲り道の多い海軍基地の廊下を、三人は進んで行く。

人とすれ違うことはない。グラニエ中将がそういうルートを選択しているようだった。

「キミたちの手腕は拝見させてもらった」

途中賞賛の言葉をかけられた。

「スパイ強国、ディン共和国か。たった数日で私の配下を次々と魅了し、手駒にしてみせるとは。いやはや恐れ入ったよ」

自身の髭を摩りながら、感心したように頷いている。

自分たちがディン共和国のスパイであることもバレているようだった。おかしい。少なくとも、この島についてからは基本観光客としてしか振る舞っていないのだが。

「…………随分とこちらの事情にお詳しいのね」

ティアは相手の背中をじっと見つめた。

グラニエ中将はティアたちに視線を向けないが、隙らしい隙は感じられない。

「どうして？　アナタたちが担うのは、近海の警備のはずよ。諜報活動は別部隊の仕事。あの設計図は――」

「スパイなら自力で情報を掴んではどうかね？」

ぴしゃりと遮られる。

口を噤むしかない。今相手と揉めるのは得策ではなさそうだ。

サラはさっきから黙り込み、事の成り行きを見守っている。額から汗を流し、出口を探すように目線を絶えず動かしていた。アネットもまた沈黙している。

やがてグラニエ中将は、壁の前で立ち止まった。廊下の行き止まりだ。棚しかない。彼は警戒するように左右に視線を投げ、壁の割れ目に懐から取り出したナイフを刺した。

鈍い音を立てて、壁が横にズレていく。

壁の向こうには暗い廊下が続いていた。促されるがままに歩いていく。

「この存在を知るのは、私の部下数名と科学者のみだ」

廊下が終わり、視界が開けたところでグラニエ中将が口にした。

「――マルニョース島海軍基地の裏研究所だ」

かなり大きな部屋だった。面積はサッカーフィールド半面分くらいか。研究所というよりは工場という表現の方が相応しく、金属加工のための大型機械が並び、塗料の臭いが漂っていた。

そして今まさに、十人程度の科学者らしき人間が忙しなく動き回っている。

研究所のテーブルには、資料室で見た設計図通りのスパイ道具が並べられていた。

アネットが「これはすっげえええですっ！」と目を輝かせている。

「本当にアナタたちは一体、何を………」

どう考えても、本国には秘密裏に動いているようだ。この監視の行き届かない、マルニョース島で何の準備を始めているのか。

「どうかね？　どれ、一つ現役のスパイたちのご覧に入れよう」

グラニエ中将は自慢するように頷き「開発局長っ」と作業中の科学者に呼びかける。しかし科学者たちは全員、作業を中断しない。ワンテンポ遅れて「ん……はい！」と一人の男が反応し、グラニエ中将の下に駆けつけてきた。

「どうにも技術者連中は発明に没頭しがちでいかん」

中将は肩を竦めつつ、開発局長から小さな金属棒を受け取る。

「例えば、コイツはどうかね？　名は《電壊石》。一見ただの金属棒だが、一度作動させると――」

「わっ」

グラニエ中将が金属棒を振るった瞬間、サラとアネットの身体が大きく引っ張られた。バランスを崩しそうになったところで、なんとか踏みとどまる。

再びグラニエ中将は金属棒を振るい、スイッチを切った。

「と、人を動かせるほどの電磁石となるわけだ。これに刃物などを組み合わせれば、何でも切り裂ける強力な武器となる。殺した人間の身体はバラバラになり、身元の照合には時間をかけさせられるわけだ」

「す、すごい技術力っすね……！」「俺様、めちゃくちゃ興味がありますっ」

サラとアネットが驚嘆していた。

どうやら彼女たちが巻いていたベルトを磁力で引き寄せたらしい。三メートル近い距離であるにもかかわらず、凄い磁力だった。

しかし、ティアはすぐに別の事実に思い至り、戦慄していた。

「……連続不審死事件」

「え？」

呆気に取られたようにサラが口にする。

グラニエ中将は重々しい表情で「そういうことだ」と頷いた。

「――例の連続殺人は、この裏研究所から盗み出された発明品で行われた」

彼の言葉でいくつか腑に落ちた。

島民と軍人が語っていた、通常の凶器では成し得ない殺人の数々。それは、海軍基地の裏研究所で秘密裏に作られた発明品が使用されていたのだ。無残な遺体が出来上がったのは、『遺体を損壊し、身元確認を遅らせるため』の凶器が使用された結果。

グラニエ中将は小さく息をついた。

「まったく、犯人は一体どのようにしてセキュリティーを突破したのか……」

確かにそれも疑問ではある。見たところ、この裏研究所に入るには、グラニエ中将が用いたようなナイフを模した鍵を使わなければ開かないようだ。

だが、それ以上に無視できない程、大きな疑問がある。

「……っ。こんな凶器を作って、アナタたちは何を企んでいるの？」

「知りたいなら、一つ交渉といこうじゃないか」

グラニエ中将は発明品をテーブルに戻した。

「メルシェ少尉を殺した犯人を捕まえて欲しい。我々のスパイとなり、島民たちの素性を探るのに、キミたちほどの適任はいない」

それが理由か、と内心で舌を巻いた。

現状、海軍の人間だけでは犯人を捕まえられそうにない。ロクに証拠もなく、やたらめったら尋問を続けるだけだろう。

そんな折に、のこのこと軍事基地にきたティアたちを見つけ、利用しようと企んだか。

依頼自体は問題ない。元々その予定だ。だが、簡単に引き受けるのは癪だ。

「…………アナタに従うメリットは？」

「犯人を捕らえた暁には、我々の目的を開示しよう。スパイとして、こんな美味しい話もないと思うがね」

グラニエ中将は平然と言ってのける。

断る理由が浮かばないほどの、破格すぎる条件だった。

話を聞き終えると、島にはまた嵐が訪れていた。

叩きつけるような大雨が降り、グラニエ中将から「宿舎に泊まっていくといい」と配慮され、女性用の宿舎の一室を貸してくれた。彼の奇妙なほどに優しい態度は不審に感じるが、好意に甘えるしかない。

宿舎には男性軍人が多数やってきたが、他の女性軍人がうまく追い払っていた。助かった。考えねばならない事態が山ほどあった。

与えられた三人部屋で、ティアは眉間を抓(つね)っていた。

(面倒くさい話になってきたわね……)

まさか海軍中将と直接会うことになるとは。

あまりに予想外の事態にまだ心臓の鼓動が高鳴っている気がする。

(それに、例の裏研究所。おそらくアレは——)

本国にも極秘裏に開発している、謎のスパイ道具。かなりキナ臭い。

「アネット、アナタはあの裏研究所の発明品についてどう思う?」

「俺様では作れないものばかりでしたっ」アネットはベッドに寝転がっている。「ヤベー代物で間違いないと思いますっ」

アネットでさえ、褒めたたえる程の発明品らしい。

「どうしますか?」

サラに声を掛けられた。

「このまま海軍の手先として、島の人たちを疑っていくんですか？」

「……気持ちは分かるわ。でも犯人を捕まえるべきなのは間違いない」

まず検討すべきはクラウスに相談することだろうか。安パイだ。自らが勝手に首を突っ込んだ揉め事に彼の手を借りるのは心苦しいが、もっとも適切な対応な気がする。

明日、全てを明かすしかないのか――。

風圧で窓が音を立てて震えていた。天候は荒れる一方のようだ。

カーテンの隙間から、不気味なほどの暗闇が見える。窓を叩きつける雨音は、うるさいくらいに大きくなっていた。

一旦お茶でも飲んで考えよう、と顔をあげた時――部屋の照明が消えた。

「あれ？」「おっ？」

「ん………停電みたいね」

この吹き荒れる風のせいで、どこかの電線が切れたのかもしれない。

だが、海軍基地には非常時に備えた予備電源があるはずだ。直に点くだろう。

「きゃああああああああああああああああああっ‼」

突如、廊下から女性の叫び声が聞こえてきた。

弾かれるようにティアは動き出した。部屋を飛び出し、廊下へ向かう。暗闇だろうと動ける訓練は積んでいる。

廊下では、女性軍人が震えていた。腰を抜かしているようだ。床にへたり込んでいる。

「なによおおっ！　なによこれえええええええええええええっ‼」

不穏な空気を察して、ティアは彼女に接近した。

「大丈夫っ⁉　なにがあったの⁉」すかさず声をかける。

「わ、分からない……」女性軍人は涙を流していた。「おかしい……身体が動かないの……みんな、アレと出会ったら……」

廊下を見れば、彼女の他にも動けない女性軍人は無数にいた。

ティアはすかさず、廊下に転がる懐中電灯を手に取り、食堂を照らした。

食堂では――無数の影が蠢（うごめ）いていた。

まるで飛ぶように、何かが素早く動いている。ティアが振る、懐中電灯の明かりを掻（か）い潜（くぐ）るような速度。しかし、一瞬だけその影を掴んだ。

――黒いボロきれのマント。

何百年も放置されたような、ボロボロに風化した服を身に纏（まと）った者たちが、蠢いている。

食堂には磯（いそ）臭さが漂っている。

まるで海底に沈んでいた海賊が幾百年もの時を経て、蘇ったように。

「……っ」

なんだこれ、と呻いてしまう。

懐中電灯でしっかり姿を捉えようと思ったが、突如として何かをぶつけられ、懐中電灯は割られてしまった。なにかしらの攻撃を受けたらしい。

（おかしい。一体こんなの——）

あまりのことにティアは動けなかった。他の女性軍人たちも皆、金縛りにあったように倒れ伏している。銃はない。どう対応すればいいのか分からない。

その時、一人の少女が勇ましく飛び出していった。

「コードネーム『草原』——駆け回る時間っす！」

彼女の後を追うように、鳩と犬が蠢く影たちに襲い掛かる。

サラは動物と連携するように、掃除用の箒を握り、飛び掛かっていった。

「こ、このっ！」

先ほどまで俊敏に動いていた海賊の影たちが、困惑するように立ち止まる。

サラは影に向かって箒で殴った後、素早く反転し、鮮やかな回し蹴りを放った。

「あっちいけえええええええええええええっ！」

不審な影たちはまるで逃げるように食堂の窓から出て行った。嵐の中へ消えていき、そのまま闇に包まれていく。

追い打ちをかけるように、大きな鷹が窓から飛び出していった。

やがて電力が戻ったのか、食堂の照明がつけられた。

後には、荒らされている食堂が残された。海賊のような影が出て行った窓からは、強い雨風が吹き込んでくる。

食堂の中央では、今なお箒を握るサラが大きく息をついていた。

「大丈夫でしたか？　皆さんっ」

振り返った彼女の顔は、これまでの彼女になかった自信に溢れていた。

その表情が、ティアの心を強い衝撃で叩いていた。

◇◇◇

――バカンス九日目。

昨晩、謎の影に襲われた女性軍人たちはすぐに回復した。外傷はない。ただ宿舎が停電し、あの海賊のような影たちが現れた途端に身体から力が抜けてしまったようだ。

——嵐と共に訪れ、暴れ、すぐに去っていった海賊の影。

軍人と言えど、オカルト的存在は恐ろしいようだ。「海賊の幽霊なんじゃないか」と怯えた表情で囁き合っている。アネットはこれに興味を持ったようで「俺様っ、もう少し基地に残りますっ」と息巻いている。

ティアたちは疲れ切ってしまい、一度宿に戻ることにした。

嵐は嘘のように消え、快晴の空が広がっている。穏やかな青い海を視界に入れながら、宿までの緩い坂道を登っていく。

「あの影は一体……ティア先輩の部屋を荒らした何者かと同じなんすかね……？」

サラが不思議そうに呟いている。

「バーナード氏は、あの影を追いかけちゃいました。多分大丈夫だと思うっすけど、まだ戻ってこないのが不安っすね……」

相棒である鷹のことを気にかけるサラ。

彼女の背中を見つめながら、ティアは全く別の事を言い出すタイミングを探っていた。

「ねぇ、サラ」

「はい？」

「昨晩の手腕は、見事だったわね。どうしたの？」

「あっ、いえ。非常時の立ち回りは、よくモニカ先輩に教えられたっすから」

サラは振り向くと照れくさそうに頭の後ろを撫でた。

「…………」

やはり意外な心地だった。

きっと最初に『灯』で出会っていた頃のサラならば『そ、そんなことないっす』と慌てながら謙遜していただろう。

だが今のサラは、こちらの賛辞を受け止め、素直に喜ぶ度量がある。

（――サラが成長を始めている――私の認識より、急速に）

フェンド連邦では、終盤サラが貢献したことは、もちろんティアも知っている。そこで何かを摑んだか。

口の中でバレないよう舌を噛む。

ナイトクラブで困惑するサラを見て、優越感を抱いていた自分が恥ずかしい。なんと愚かしいことか。昨夜自分は唖然として動けぬ中、サラは毅然と立ち向かっていた。

その事実を噛みしめていると、サラは優しく微笑んだ。

「自分には、最近夢ができたんです」

「いつの日か『灯』のメンバーが全員無事でスパイを引退できること。そのためには怯えているだけの自分からは脱却しないといけないっすから」

サラは海をじっと見つめ、力強く口にした。

「『灯』の守護者。それが、自分の役割っす」

「――――――」

これまでになかった、サラの強い向上心と使命感。

歓迎すべきなのは、間違いない。頭では理解している。が、直後込み上げてくる怒りに身体(からだ)がカッと熱くなる。

「なにそれ」

「え?」

「ふざけないで……! 私は引退なんかしない。『紅炉(こうろ)』さんの遺志を受け継ぎ、スパイとして命を捧(ささ)げる。アナタの理想に巻き込まないで」

ティアが強く声を張り上げると、サラは息を呑(の)んだ。

そんなことを言われるとは思ってもみなかったようだ。無自覚だったらしい。彼女の夢が、ティアの目標と相反することを。

「ごめんなさい。そうですね、勝手に決めていました。他の人の意見も聞かずに」

サラは一瞬すまなそうに顔を伏せる。

が、すぐに意を決したように顔をあげた。

「でも、自分も譲る気はないっす……！　この理想だけは」

あっさりと意志は曲げない。唇は固く結ばれている。

サラがここまで強情な姿勢を見せることに、やはり彼女の成長を感じ取る。びくびくと主張を控えていた彼女は、もういない。

怒りはある。が、不快ではなかった。

むしろ、それが良い――そうティアの闘争心が猛っていた。

「私の目標を伝えるわ」

ティアは彼女の瞳を見据える。

それは、これまでハッキリと仲間に明かしたことはない野望。

「――私はいずれ『灯』のボスとなる。アナタたちを率いて、世界を救う英雄となる」

憧れの存在――『紅炉』のフェロニカ。

それがティアの目標であり、目指すべき理想。

いずれクラウスからボスの座を奪い取る。何年かかるかは分からないが、自らがボスとなり、『灯』の少女たちを率い、世界と闘う。

申し訳ないが、『灯』の仲間を簡単に引退させる気はない。彼女たちはティアが信頼す
る、大切な仲間なのだから。

だからサラ、の理想とは相反する。

けれど構わない。意識のズレこそが、チームには必要なものなのだから。

「認めてあげるわ、サラ。私のライバルとして」

「……望むところっす」

サラもまた引かずに、ティアを見つめ返してくる。額には汗が滲んでいるように見えるが、これくらいはご愛敬だろう。

ティアは薄く微笑んで、緊張を解くようにサラの腕を軽く叩いた。

「ふふ、これで私のライバルは四人目よ。モニカ、グレーテ、ファルマさんに続いて」

「だ、大分豪華なメンバーっすね」

「……まぁ、モニカはおそらく私のことを微塵も意識していないけど」

「いや、どうでしょう……案外そんなことは、ない、かも……？」

「え？　ホント!?」

「あ、いや、分かんないっす。ただの自分の勘っすよ、勘」

「うん、ありがと。アナタのおかげで思い直したわ」

ティアは流れてくる海風を浴びながら、目を細める。

「──二人で決着をつけましょう。この島で起きている事件の全てを」

告げた提案にサラは強く「そうっすね」と頷いた。

やはり、この程度のトラブルにクラウスの手を煩わせられない。やがて『灯』のボスとなる人間にそんな甘えは許されない。

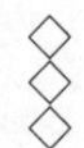

──バカンス十日目。

ティアは目的の人物に『お前の行動を知っている』と記して、手紙を送った。

呼び出したのは、バカンス初日に遊んだカンフェザービーチ。

人の目が少ない方がよかろうと判断して、集合時刻は夜八時にした。

ビーチが夜闇に覆われ始めた頃、呼び出した人物——ラフタニアはやってきた。

「なんじゃあ、突然呼び出して。明朝は結婚式の食材を買いに行かんといかんのに」

働いている宿から抜け出したばかりといったようなラフなシャツと、ハーフパンツの出で立ちで歩いて来る。待ち受けるティアたちを不満げに見つめてきた。

ティアはビーチから少し歩き、更に人目を隠せる岩場に誘導した。ラフタニアが逃げ出さないように、サラが後方で緊張した様子で監視する。

大きな岩に挟まれるようなスポットに着くと、ティアは動いた。

ここならばビーチ横の道路からも見えない。

「てっとり早く行きましょう」

ティアはラフタニアの腕を掴んだ。

「コードネーム『夢語』——惹き壊す時間よ」

相手のバランスを崩しつつ、ラフタニアを岩肌に押し付ける。

彼女は面食らったように「はっ、はあああぁ⁉」と慌てふためいていたが、強引に封じ込む。至近距離でティアと見つめ合う。

やがてラフタニアが身を捩り、ティアの身体を突き飛ばした。

「な、なんじゃあいきなり——」

「ラフタニアさん。例の不審死事件について聞きたいことがあるのよ」

これで下準備は終わった。

昨日海軍基地からペンションに戻ったティアとサラは、自分たちが見聞きした情報を全て出し合い、連続不審死事件を整理し続けた。

その末に浮かび上がったのは——一人の少女の違和感だった。

ティアは呼吸を整え、改めて目の前の少女を見据える。

「ねぇ、ラフタニアさん。メルシェ少尉の遺体、まだ一部が見つかっていないそうよ」

「は？」

「当然よね。遺体は細かくバラバラになって、海にぶちまけられたんだもの。欠損が出ていてもおかしくない。犯人はなんでわざわざ遺体にこんなことをしたのかしらね」

あくまで優しく語り掛けるように「分かる？」と口にすると、ラフタニアは不愉快そうに「……そんなの儂が知るか」と睨みつけてくる。

「用途が合っていないのよ」

ティアは告げた。

「研究所から盗まれたのは、確かにスパイが暗殺に用いるための道具。けどね、使われたのは、身元の特定を遅らせるための凶器なのよ」

それが、あの裏研究所で開発されていた《電壊石(シニスト・ピエージェ)》のコンセプトだった。

他の連続不審死事件で使われた凶器も同じだろう。遺体は、どれも損壊が激しく身元判明まで時間を要しているらしい。島ならば行方不明者との照合は容易(たやす)いだろうが、都市部で扱えば、身元判明にかなり手間取るはずだ。

しかし、今回使われた凶器にはある短所もある。

「この道具は遺体を移動させる場合には、適していない」

「は？」

「あまりに細かく刻んでしまうと、肉片をかき集めるのが大変になる。殺した遺体をわざわざ海に捨てる気なら、もっと別の道具を用いるべきよ」

気持ちのいい話ではないが、仮に遺体を運ぶ気ならば、せいぜい頭部と四肢を切断するくらいに控えておくべきだ。

――メルシェ少尉の殺人の際、《電壊石》は本来と違う用途で用いられた。

そこでティアたちは考えた。

別の用途に使ったことで起こりうるトラブルとは何か。

「犯行に及んだ夜には気づかず、翌朝、殺人現場で処理しきれなかった肉片を見つけてしまうこともあるでしょうね」

だとしたら犯人は大いに慌てただろう。

おそらく事件は、そのまま容疑者の特定に繋がりかねない場所で起きたのだ。だから海に投げ捨てる必要があった。肉片が残っていたならすぐ処理せねばならない。

ティアは糾弾する。

「メルシェ少尉が亡くなった翌朝、アナタ、本当は何を運んでいたの？」

「――――っ」

ティアにとってはバカンス五日目の朝、ラフタニアと遭遇している。メルシェ少尉が殺され、軍人たちが強引な捜査に乗り出している日だ。

「そ、その時も言ったじゃろ」

ラフタニアは取り繕うように声をあげる。

「市場で買った肉と野菜じゃ。新鮮な島の食材を、クラウス様に振る舞いたくてな」

「嘘よ。アナタはメルシェ少尉の肉片を運んでいた」

あえて断言する。

根拠はまだ言わず、ラフタニアの反応を窺う。明らかに彼女は狼狽していた。

「処理に困っていたのね。本当は海に捨てる気だったんでしょう？　けれど、朝はまだ海岸一帯は軍人が調査をしていた。だからアナタは諦めた」

早朝から多数の軍人が海辺を捜索していたという情報は、ナイトクラブで得た。

おそらくラフタニアは海に捨てることを諦めた。だが、すぐに手放さなければならない。埋めてしまうのは、掘り起こされるリスクがある。

彼女が考え付いたのは、最悪の手段だった。

「――代わりにアナタは、肉片をハンバーグとして客に振る舞うことにした」

「き、決めつけじゃ！　そんなのっ！」

顔を紅潮させ、ラフタニアが吠える。

「何を理由にそんなことを――！」

「サラから聞いた。この日、アナタは『熟成肉のハンバーグ』を客に振る舞おうとした」

ある意味では完璧な遺体処理だった。焼いても埋めても、結局は物が残ってしまう。だが、他人の胃に収めてしまえば、見つかりようもない。

幸い、結果的に料理は誰も食べることなく、捨てられたらしい。

だが問題は、ラフタニアはこれを『熟成肉』と偽った点だ。

「なんでこんな嘘をついたの？　朝わざわざ手間をかけて、新鮮な肉を買ってきたのに『熟成肉』と騙った理由。人肉の違和感を消すためでしょ？」

市場からの帰り道に突如話しかけられ、ティアだけにはつい正直に話してしまったのだろう。後にサラたちへ嘘をついたのは致命的なミスだった。

トドメを刺すようにティアは尋ねた。

「メルシェ少尉を殺したのは、アナタなのね？」

「…………………………っ」

ラフタニアの表情が顕著に変わった。やはり彼女は嘘が下手だ。

まだ言い逃れできる余地は山ほどあったが、ティアのハッタリが効いているようだ。肩を震わせ、ハッキリと憤怒の情を滲ませてしまう。

「なんでじゃ……っ！」彼女は叫んだ。「あの男は殺されて当然じゃろう……！　なんで儂の罪をわざわざ――」

「認めるのね、自身の過ちを」

「――――！」

「分かるわ。アナタには同情できる理由もある。ただ真偽はハッキリさせたい」

あくまで感情を抑えて淡々と尋問を続ける。

今行うべきは彼女の糾弾ではない。あくまで事件の究明だ。

さっきまでティアに摑みかかるような勢いを見せていたラフタニアだったが、それを恥じるように一歩下がった。

やがて絞り出すような声で「……決定的な証拠はないじゃろ」と呻いた。

「冷静さを取り戻したようね」

悔しいが、もっともだ。罪の立証というにはあまりに強引だ。

無論、ティアは特技を用いて、彼女の本心を見抜いている。海軍に対する強い憎悪と、一抹の罪悪感。先ほどの反応からも彼女はほぼクロに等しい。

「逆に言えば、後はそれを摑むだけよ。気乗りはしないけど」

短く指示を出した。

「サラ、彼女の家を探りなさい。おそらく例の凶器はまだ残されている。そこに指紋さえ残っていれば、もう言い逃れは――」

できない、と言おうとした時だった。

「……無駄じゃ」

ラフタニアが低い声で呟いた。

ハッとして息を呑むと、光を失った瞳のラフタニアが薄く笑っていた。

「使った凶器は——もうグレーテに渡してある」

「「…………っ！」」

ティアとサラが同時に戦慄した。

あってはならない行動に、ティアは思わず彼女の胸倉を掴んだ。

「アナタ、もしかして……」

「もちろん儂自身の指紋は全て拭き取ってあるぞ。それに島の警察は島民の味方じゃ。観光客でしかないお前たちの証言より、儂の証言の方を重視するじゃろ」

ラフタニアは強く言い切った。

「儂を警察に引き渡せば——殺人罪は、グレーテに擦り付ける……！」

殴った。

我慢できず、右手が動いていた。

サラが「ティア先輩……！」と諫めるような声をあげた。

ラフタニアは張られた頰を押さえ、楽し気に頷いた。

「いいわい。殴られた跡がある方が、可哀想な女を演出できるじゃろ。軍人に殴られたことにして、クラウス様の気でも引こうかの」

「アナタね……」

「絶対に、儂は脱出するんじゃ……！　クラウス様に娶ってもらって、出て行ってやる！　こんな腐りきった島で滅びるならば、何回でも殴られちゃる……！」

涙を顔に滲ませながら、強く訴える。

どうやら彼女は、脱出する準備まで整えていたらしい。それがどんなに杜撰な計画だとしても、その行動自体が苛立たしい。

「アナタ、無茶苦茶よ……！」

ティアは歯噛みをした。

「確かにアナタの境遇には同情する。けど私の部屋を海水塗れにしたり、海賊のような服を着て海軍宿舎を襲ったり、どう考えても、そんなの——」

「は？　何を言っているのじゃ？」

「え……」

「——儂は知らんぞ？」

ラフタニアが呆気に取られるように小首を傾げた。演技には見えなかった。この状況で誤魔化せるほどの技術は、彼女にはない。心底不思議そうに口を開けている。

今度はティアが驚く番だった。

それも彼女の犯行か、と思っていた。どんな人脈を使ったかは分からないが、おそらくティアの捜査を止めるために――。

「アナタじゃないの……？　嘘……」

唖然として聞き返すと、ラフタニアの口元が醜く歪んだ。

まるでこちらの狼狽を楽しむように、ククッ、と笑い出した。歓喜に震えるように身を抱き、あぁ！　と声をあげ、空を見上げる。

「ようやく儂にも理解できたぞ……っ」

腫れていく頰を心地よさそうに押さえ、涙で滲んだ目元のまま、彼女は喚いた。

「呪いはあるんじゃ！　呪われろ……っ！　全員、大海賊の怨念に呪い殺されろっ！」

猛るような声に、ティアとサラは何も言い返せないでいた。

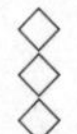

――バカンス十一日目、ティアたちは休養をとった。

ペンション近くにあるカフェのテラス席に腰をかけ、搾りたてのフルーツジュースを飲む。サラは島民からもらったビーフジャーキーをペットたちに配っていた。

聞こえてくる波の音に耳を澄ませる時間が続く。

サラがぽつりと呟いた。

「どうするっすか？　ラフタニアさん」

「どうするもなにも放置するしかないわよ。クラウス先生が彼女に誑かされるはずもないし、後は海軍中将がどう判断するかよ」

結局、あの後ラフタニアを解放するしかなかった。

元々そういう約束だ。ティアが自力で逮捕し、そこらの海軍に引き渡してしまえば、裏研究所の件が露呈しかねない。いずれ海軍中将が、極秘裏にラフタニアを捕えるはずだ。

どのみち、ラフタニアは逃げられない。待っているのは破滅だ。

息をついていると、店の前の道を歩いている見慣れた少女が見えた。

「ん、アネット先輩……？」

サラが反応する。

右手にはノート、左手には鉛筆を握りしめ、アネットが道を進んでいる。何かをぶつぶつと呟いているが、距離があるせいで内容までは聞き取れない。

サラが声をかけると、アネットがチラリとこちらを見た。

「俺様っ、大研究タイムですっ！　この辺の海流を聞き取り調査しているので、邪魔しないでください！」

「お菓子あげるっすよ」

「俺様っ、それは頂戴しますっ！」

アネットがサラたちのいるカフェまで駆け寄ってきて、クッキーを二枚ほど口に放ると、すぐに去っていった。

まるで嵐のような忙しなさだった。

「なんだか充実しているみたいね。アネット」

「そうっすね。でも、いつもと少し雰囲気が違うような……」

「……え、どこが？」

「焦っているようにみえるっす」

ティアには全く理解できず、首を傾げるしかなかった。

寛いでいる二人の元へ、やがて海軍の人間が手紙を持って訪れてきた。「グラニエ中将からです」と端的に伝え、すぐに去っていく。

「うん、アポイントメントが取れた」

手紙には、翌日海軍基地を訪れる時刻が記されていた。

ここでグラニエ中将に全てを報告すれば、とりあえずの決着はつくはずだ。

――バカンス十二日目。

夕方、指定された秘密のルートを通り、海軍基地の総指令室へ向かう。

基地の中央本部の最上階に位置する部屋は、島の海を遠くまで見渡せた。ゆっくりと日が暮れ始める時刻、海の方では霧が立ち始めていた。

部屋にはグラニエ中将と、ティアとサラのみ。

グラニエ中将はティアたちとテーブルを挟んで向かい合い、自身の肥えた腹を撫でながら、嬉しそうに笑いかけてくる。

「さて、ディン共和国のスパイたちよ。海軍の仇は見つけてくれたのかね？」

「ええ、全部理解できたわ。この島を侵している病理もね」

ティアの言葉に、グラニエ中将が片方の眉をあげる。

訝しがる態度に取り合わず、率直に伝えていた。

「連続不審死事件の犯人。殺人鬼の正体は、メルシェ少尉なのよね？」

「…………」

グラニエ中将は表情を崩さない。

──ラフタニアに殺された、海軍の男。

ティアが導き出した答えは、彼こそが島の人間を不審死させていた殺人鬼というもの。

「前提が違っていたのよ。誰もが、メルシェ少尉は殺人鬼に襲われたと思っていた。でも真相は逆。殺人鬼はメルシェ少尉の方よ」

「…………ほぅ、なるほど」

「何が『ほぅ』よ。知っていたんでしょう？　アナタは」

無関係の態度を取り繕う中将を、ティアは強く睨(にら)みつける。

「裏研究所開発局長──それがメルシェ少尉の裏の肩書きよね？」

彼は既に死んでいるので「元」をつけるべきか。

推測の理由は三つだ。一つは、やはりあの研究所から発明品を盗むには、内部の人間の協力が不可欠であること。二つは、メルシェ少尉はグラニエ中将のお気に入りという証言があったこと。三つは、裏研究所に訪れた際「開発局長」と呼ばれた男の反応が鈍かったこと。彼は任命されて、まだ日が経(た)っていないのだろう。

冷静に考えれば、すぐに分かる答えだった。

「お見通しというわけか」

中将は感心するように薄く笑った。

「あの男は優秀だったが、倫理観を欠いていた。己の発明品を実際に試してみねば、気が済まぬ性分でな。まったく科学者というのは理解できん」

「それを止めなかった、アナタも同罪でしょう！」

強く怒号を浴びせる。

海賊の呪いと言われた連続不審死事件――その真相は、メルシェ開発局長の実験だ。開発したスパイ道具が実戦で扱えるものか、島民や観光客相手に試していたのだろう。既に十名以上の人間が、メルシェ少尉によって殺されている。

その惨劇の被害者を想うと、激情が湧き起こってくる。

サラから聞いている。三年前、ラフタニアの母親もまた謎の不審死を遂げたのだと。

「メルシェ少尉を殺した犯人の動機は――復讐よ」

ラフタニアの悲痛な顔を思い出し、強く訴える。

「あの夜、何があったのかは分からない。ただね、あの子は母親を殺した犯人にトドメを刺した！　なぜ彼女が凶行に及んだか、分かるでしょう⁉」

思わず身を乗り出していた。

「この島では不審死事件がロクに捜査されず、アナタによって隠蔽されるからよ！」

具体的な経緯は不明だ。ただ、ラフタニアは何らかの事情で、メルシェ少尉が母を殺した殺人鬼だと理解した。そして発明品を奪い、逆に殺してみせた。

ただの少女にとって、それはどれだけ重い決断だったのか。

サラいわく、彼女は母親の遺体の第一発見者でもあるらしい。荒らされたティアの部屋で海水が顔に付き、あれほど怯(おび)えていたのは当時の事件を思い出したからか。

——母親が殺された復讐を果たし、クラウスと添い遂げ、島からの脱出を願う少女。

ティアは、そんなラフタニアの覚悟を決して嫌いにはなれなかった。

「随分と勇ましいな」

グラニエ中将は薄い笑みを浮かべたままだ。

「これがディン共和国のスパイか。やはり悪くない」

ティアはソファに深く腰を下ろし、脚を組んだ。

「……アナタの思わせぶりな言動に付き合うのにも飽きたわ」

「ん？」

「どうせ『燎火(かがりび)』のクラウスと通じているだけでしょう？　先生と交流があるからって、私にまで偉そうにしないで」

この謎に関しても、すぐに分かることだった。

グラニエ中将は、あまりにティアたちを信頼しすぎている。基地に忍び込んだ自分たちを処刑することなく、今もこうして護衛の部下さえ配置せずに対話をしている。

そもそもクラウスは過去にこの島に来ていたはずではなかったか。

「ご名答。ここ何日かずっと顔を合わせているよ。『焔(ほむら)』時代から面識があってね。キミたちのことも既に聞いている」

あっさりとグラニエ中将は認めた。

バカンスの行き先にマルニョース島を決めたのは、クラウスだった。このバカンスの目的の一つに、彼と会うこともあったのだろう。

「……アナタの目的は何？　言わなきゃ、犯人は明かさない」

ずっと抱いている疑問をぶつける。

――秘密裏に海軍基地でスパイ道具を開発し続ける意味。

――島民の命を弄ぶような実験さえ黙認する理由。

「クーデターだ」

グラニエ中将の答えに、サラが「え……っ」と声をあげる。

だが、ティアの予想通りではあった。ディン共和国のスパイであるクラウスが、ライラット王国の海軍中将と仲良くする理由はそう多くない。

グラニエ中将はライラット王国の基盤を揺るがそうとしている。クラウスはそれがディン共和国の利益に沿うと判断し、支援している。

青ざめた顔をしているサラに、グラニエ中将は説明し出した。

「当然キミたちは知っているだろう？　――ライラット王国の実情を」

ティアとサラは頷いた。

一通りの知識は、スパイ養成学校で叩きこまれている。

「――市民革命が潰えた国」

ティアが答えた。

「一世紀前、無数の西央諸国が市民革命により王制・貴族制を廃止に追い込む中、ライラット王国は失敗に終わった。形式上は立憲君主制なれど、実態は絶対王政の時代と相違ない。一部の貴族だけが贅肉を蓄え、市民から自由を奪い搾取を続けている」

それが隣国、ライラット王国の真実だ。

歴史的に王権の強いフェンド連邦でさえ、現在王族はただの象徴となり、立憲君主制を採用している。普通選挙が導入され、選ばれた議員により政治は行われる。

だが、ライラット王国は違う。

——貴族の、貴族による、貴族のための政治。

百年間で幾度となく大規模な市民運動が行われたが、王国軍や治安部隊により潰された。活動家は何千、何万とギロチンで処され、首都の広場を赤く染め上げた。

ディン共和国やガルガド帝国が成し遂げた民主化は、この国では訪れない。

「私は、この王国を転覆させる。そのために長年にわたって、準備を重ねている」

脂ぎった身体のどこにその野望が備わっているのか。

瞳には大義の炎が燃えているようだった。

「一部の貴族の暮らしを支えるために、市民が犠牲となっている。高すぎる相続税で市民から財産を奪い、奪った金は戦争につぎ込む。公衆衛生など二の次。飢餓や疫病が蔓延する惨状に異論を唱えた者は直ちに拘束され、ギロチンで処される。こんな度し難い国があるか？」

「……っ、アナタの主張は分かった」

相手の熱量に負けないよう、ティアもまた声を張った。

「けれど！　島民が犠牲になっては——」

「綺麗事だけでクーデターを成し遂げられるものか。たとえ、この身が地獄に堕ちようとも、やらねばならん使命があるのだ‼」

頑強な意志表明に、ティアは口を噤むしかなかった。

グラニエ中将は自身の罪を自覚し、それでも尚、修羅の道を進もうとしている。バカンスに来た小娘の説得を聞くはずもない。

しかし、それでもラフタニアたち島民の生活を思うと、胸が苦しくなった。

「……海軍基地の拡大はなぜ？」

次の質問に移ることにした。

「本国でクーデターを目論んでいるなら、大人しくしておけばいいんじゃないの？」

「あるものを見つけ出すためだ。その捜索に島民は邪魔だからな」

グラニエ中将は大きく息をついた。

「見つけ出す？　何を？」と尋ね返すと、グラニエ中将は「クーデターには、莫大の金が必要なのだよ」と前置きし、思わぬことを告げてくる。

「――大海賊ジャッカルの財宝だ」

「「…………はい？」」

思わずサラと同時に気の抜けた声をあげてしまった。

だが、彼の眼は本気だった。冗談を言っているわけではないらしい。

「ジャッカルの財宝は、国家予算にも匹敵するほどの価値と言われる。それだけの金があれば、フェンド連邦やムザイア合衆国からも協力を得られるだろう」

サラが唖然としたように「ほ、本気っすか？」と漏らす。失礼だ。

「無論だ」

グラニエ中将の態度に恥じる様子はない。

「裏付ける伝承はいくつも見つけられた。これがクーデターを成功させる鍵だ。裏研究所で道具や兵器を開発し、ジャッカルの財宝を用い、我々は本国を――」

言葉はそこで止まる。

地震、と感じる程の揺れが突如、指令室を襲ったのだ。

ほぼ同時に轟音が聞こえてくる。空気が割れるような音。

指令室の棚が一部倒れ、ガラスと資料が床にぶちまけられた。ティアとサラは悲鳴を漏らし、咄嗟にテーブルの下に身を潜める。

グラニエ中将は一時的に頭を伏せていたが、震動が止むとすぐに立ち上がった。

「なんだ――!? 今の震動は!?」

突如司令官室のスピーカーが鳴り、慌てた軍人の声が届いた。

《総司令官っ!? 何者かに基地が砲撃を受けました……っ!》

「な、なんだと――!?」

《国籍不明の中型船が接近しています……っ!》

グラニエ中将は壁にかかった双眼鏡を摑み、窓に近づいた。

ティアとサラもまたテーブルの下から出て、他の双眼鏡を摑んで、窓の外を見つめる。一段と濃くなっていく霧のせいで、前方はほとんど見えなかった。だが、海の上には確かに大きな黒い船影が見えている。

島から百メートルもない近距離に、謎の船がぼんやりと浮いている。

「アレは………」

古い貨物船のように見えた。三本のマスト。黒いボロボロの帆が張られている。だが船の横には無数の砲門が見られ、物々しい雰囲気を放っていた。

船首には悪魔のような、禍々しいオブジェが取り付けられている。見るもの全てを震え上がらせた、大海賊の象徴。

果たして、その言葉を漏らしたのは三人の誰だったか。


「ジャッカルの海賊船…………っ」


海軍基地の目の前に、伝説の海賊船が出現していた。

「あ、ありえないっす！」「バカな……っ！」

グラニエ中将とサラは信じられないかのように戦慄(わなな)いている。だが、どれほど目を擦ってても、その船が視界から消えてくれることはない。

ティアは血の気が引き、双眼鏡を取り落としていた。

思い知らされる。

自分は結局、謎をまるで解決できていない。突如自身の部屋を海水で荒らされたことも、海軍基地で対面した正体不明の影も、何も分かっていない。

ラフタニアの悲鳴のような言葉を思い出した。

「呪いよ……っ！」

崩れ落ちるように床に膝をついていた。視界は恐怖による涙で滲んでいく。

認めるしかなかった。どれほど否定しても、ティアの理性を超越した存在が目の前にある。海賊の財宝を手に入れようとした強欲な海軍を襲いに来たとしか思えない。

「海賊の呪いよっ！　私たちは、みんなここで殺されるのよおおぉっ‼」

ヒステリックな悲鳴を上げ、ティアは自身の過ち（あやま）を悔いることしかできなかった。

3章　海賊編

――バカンス四日目。

島の洞窟を探検していたリリィ、ジビア、モニカの三人は、大発見を成し遂げていた。

「見つけ、ちゃいましたね…………」

口をOの字に大きく開け、リリィがぽろりと言葉を漏らす。

両隣に立っているジビア、モニカもまた目を擦り、現実を疑うしかなかった。

「いやぁ、まさか……」

「嘘でしょ……？」

三人は見つけたものに懐中電灯の光を差し向ける。

全員、洞窟探検用の装備で身を固めている。滑り止めが効いた登山靴に、肌を守るためのタイツに、保温のための登山服。大きなリュックサックを背負い、食糧や縄梯子などの探検グッズを詰め込んでいる。

この日は一日中、島の海岸を探索していた。島の地図にはない、海と繋がっている大きな洞窟を見つけ、ずんずん入っていくと、開かれた湖のような場所に行き着き、突如異様なものが見えてきた。

いわゆるキャラック船。見上げるほど大きな帆船だ。ずんぐりとした丸みを帯びた船体の先には、悪魔をかたどった船首が突き出ている。側面には無数のフジツボや苔が張り付き、二百年の歴史を物語っていた。

三人が叫んだのは、同時。

「「「海賊船だあああああああああああああっ‼」」」

薄暗い洞窟に声が響き渡り、眠っていたコウモリが羽ばたいていく。

そう、バカンス四日目にして彼女たちはあっさり海賊船に辿り着いていた。

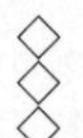

本当に海賊船が見つかるとは誰も思っていなかった。

——島にいくつも存在すると言われる洞窟を探検してみよう。それで海賊の秘宝でも見つかったら面白いよねー、程度の好奇心。

バカンス初日の夜、ラフタニアから海賊伝説を教わり、宿で作戦会議をしている最中もそんな空気感だった。

ジビアがにやにやしながら、モニカを肘で小突く。

「つーか、意外だぜ。モニカが財宝探しに付き合うなんてさ」

「そう？　普通に面白そうじゃん」

モニカは軽く肩を竦める。

「今のボクは、人に顔を見られる訳にはいかないしね。怪我だって完治してないし、バカンス中ずっと海遊びっていうのもね」

彼女は先の任務で国際的テロリストの汚名を着て、顔写真も出回っている。既に死んだことになっているが、あまり目立った行動はできない事情がある。

「ま、程々に付き合って飽きたらやめるよ。とりあえず聞き込みかな？」

その提案に、地図を睨みつけるリリィが頷いた。

「はい、まずは島の伝承を集めて、海岸をぐるりと回るところから始めましょう！」

「だね。とりわけ気になる洞窟を定めて、入ろうか」

「だとすれば、装備も買い揃えないとですねぇ。島のお店に売っているでしょうか」

「…………………………？」

仲良さげに会話をするリリィとモニカを見て、ジビアは不思議そうに首を捻るが、あえて疑問は追及せず「宝が見つかったらどうする？」と会話を振った。

そんな緩いノリで始まった、洞窟探検。

まさか本当に大海賊ジャッカルの海賊船に出会うとは思ってもみなかった。

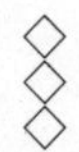

改めて三人は、見つけてしまった海賊船を見上げ、口をあんぐり開ける。

「まさか、この目で海賊船を見ることになるとは……」

「だよなぁ。超簡単に見つかったじゃん。これ、本当に伝説の海賊船か？」

リリィとジビアは納得できない表情で腕を組んでいる。

発見があまりに簡単すぎて困惑していた。地図にない、巨大な洞窟を進んだら、あっさりと辿り着けた。リリィたちが泊まっているペンションから海岸沿いを歩いて、三十分強。

居住区にもあまりに近すぎる。

これなら既に他の島民が見つけていそうなものだが――。

「一昨日の土砂崩れだ」

モニカが洞窟の壁面を懐中電灯で照らしている。

「ん？」

「本来、この船は完全に隔離された場所にあったんだよ。命がけの罠を何十も掻い潜って、仕掛けを解き明かし、カラクリを稼働させてようやく出航できる――みたいな仕掛けが一昨日の土砂崩れで全部壊れて、この海に繋がった洞窟内の湖まで船が流されてきた」

「はぁ、なるほど。我々、幸運ですねぇ」

確かに洞窟には、いかにも土砂が崩れたばかりといった跡や壊れた歯車が見かけられた。本来この海賊船を守っていた壁が壊れ、船が洞窟湖まで流されたらしい。危うくそのまま海まで流されそうになったところ、壁にひっかかり留まったようだ。

つまり目の前にあるのは紛れもなく、未発見の海賊船。

リリィが咳払いをして、目の前の船を見上げる。

「では、改めて――」

リリィとジビアは大きく息を吸い込んだ。

「海賊船だあああああああああああああっ‼」

「乗り込むぞおおおおおおおおおおおおおっ‼」

二人はリュックサックを放り出し、海賊船の周囲で飛び跳ねた。予想だにしない大発見に「うっひょーいっ！」「どうやって乗るんじゃぁっ⁉」と叫び声を上げ、海賊船の周囲をぐるぐる回り始める。

まるでオモチャを与えられた、子どものような喜び方。

「……やれやれ、バカみたいにはしゃいじゃって」

モニカは呆れたように肩を竦める。

ばんばんと海賊船の船側を叩くジビアが「あぁ？」と顔をしかめる。

「なんだよ、すかしやがって。モニカは興奮しないのかよ？」

「はぁ？　そんなの、愚問だね」

モニカは一度大きく息を吸ってから、くわっと目を見開いた。

「――さすがのボクだって興奮するさあああああああああああぁっ！」

普段のクールな態度をかなぐり捨て、突如ダッシュするモニカ。

彼女はちょうど坂になっている洞窟の壁面を見つけると、駆けあがり、そこから甲板に跳び移った。

「一番乗りはもらったああっ！」「あっ、ずりぃ！」「リリィちゃんの役目が！」

全員洞窟の壁面を伝って、甲板に飛び移った。

さっそく伝説の海賊船を冒険していく。

甲板に降り立って、まず目に入ってくるのは二百年の年月を感じさせない程の力強さを持った、三本のマストだ。

「すっげえぇ立派なマスト！　まったく折れてねぇ」

「思ったより保存状態は良いですねぇ。今にも出航できそうです」

「これ、本当に世紀の大発見じゃない…………？」

今度は、海賊船の中に入っていく。船室への扉は腐食していたが、力ずくで開けられた。普段の五割増しに大きな声で騒ぎ立て、懐中電灯で内部を探索する。

船長室らしい大きな部屋の中央には、立派な椅子が置かれ、何かが鎮座していた。

「が、骸骨っ！」

「マ、マジもんのやつですね……大海賊ジャッカルでしょうか？」

「かもね。宝石を握りしめているし……」

虫に食われてほとんど原形をなくしたマントを、羽織る骸骨。

三人は彼の遺体の前で祈りを捧げ、別の部屋に移動していった。

祈りを済ませた後、ジャッカルの骸骨の足元にある階段を降りて行った。

磯臭さを何倍にも濃縮させた臭いに鼻を塞ぐが、懐中電灯を部屋の奥に向けると、悪臭のことなど吹っ飛んでいた。

「財宝部屋だあああああっ！」

「お宝じゃああああああああっ！」

「えっ⁉　本当に凄くないっ⁉　ボクたち、億万長者じゃん⁉」

部屋には、三人だけでは持ちきれないほどの金貨や宝石が詰まっていた。世界中の宝石店でも見かけないような特大のダイヤモンドやエメラルド、黄金がいくつもの箱いっぱいに詰められている。懐中電灯の光を浴びると、それらは神々しく輝き出す。

まさに伝説通りの海賊船。

寝室らしき場所にはハンモックの残骸らしきものがぶら下がり、酒瓶などが散らばっている。当時の船員の生活まで見えるよう。隣には迫力のある大砲部屋があり、脇には砲弾や火薬まである。厨房は食材こそ朽ちていたが、ワインセラーにある樽や瓶は中身がまだ入っており、栓を抜くと二百年発酵された芳醇な香りを放った。

――今まさに自分たちは、伝説の海賊の船にいる！

歓喜に身を震わせたリリィは甲板に戻ると、船首まで上っていった。悪魔を象ったオブジェに足を乗せ、大声で騒ぎ立てる。

「我こそは大海賊リリィちゃん！」

「船長っ！　命令はなんですかいっ⁉」「船長っ、なんでも言ってくだせぇっ！」

ジビアやモニカも海賊ごっこに乗った。

高揚感がまるで麻薬のように三人の理性を溶かしていた。全員、まるで自分たちが海賊になったかのような夢想をしながら、声を張り上げる。

「面舵いっぱあああああいっ！　敵船にかかれえええええ」

「「がってんだっ‼」」

もはやあるのはロマンを手にした狂喜のみ。

三人の頭では既に妄想が完成している。見渡す限りの大海原に、目の前には自分たちから宝を奪おうとする敵船の群れ。悪辣な貴族どもが奴隷の民に作らせた、最新技術が詰まった木造船。しかし、海賊がそんな奴らに屈する訳にはいかないのだ。

「我々の縄張りを侵す、フェンド王国貿易社に地獄を見せてやれ！　この銃声が、開戦の合図じゃあああいっ！」

「「銃声を撃ち鳴らせえええええええっ！」」

三人は持ってきていた拳銃を上に向け、発砲した。

が、妄想とは違い、ここは海上ではなく洞窟内である。

撃たれた銃弾は洞窟の天井に直撃。元々土砂崩れにより不安定になっていた天井は衝撃により一部崩落。甲板に落下する。

──巨大な落石が、海賊船の甲板に穴をぶち空けた。

「「「あああああああああああああああっ‼」」」

瞬く間に我に返る三人。

幸いに三人の元に落石はなかったが、海賊船は無事ではなかった。甲板の中央に、直径二メートルほどの巨大な穴が空く。船底までは貫通しなかったようだが、甲板下の寝室は破壊されていた。

船首付近で身を伏せていた三人は、その損傷を見て、息を呑む。

瞬く間に現実へ引き戻された。

「じゅ、重要文化財に穴が……」

「……ま、まぁ仕方ねぇ。最初から空いていたことにしようぜ」

冷や汗をかくリリィに、ジビアが落ち着かせるように声をかける。

また落石があるとも限らないので、マストの下に移動する。まるで冷や水を浴びせられたように、興奮は収まっていた。

「実際、どうしましょう？　どうしたらいいんですかね？」

「とりあえず島民に知らせようぜ。現実問題、あたしらの拾得物ってするにはスケールがデカすぎるしさ。謝礼として、ほんの少しくらい財宝をもらえるかもな」

「ですねー。あ、だったら最初から目ぼしい財宝はパクッときませんか？」

「うーん、それは倫理的にどうなんだ？」

「えー、発見者として当然の権利ですよぉ」

今後について冷静に相談し合う、リリィとジビア。

いくら彼女たちが見つけたと言えど、さすがに所有権を主張するのは忍びない。なにせ人類史に刻まれるような大発見。海賊船は島民に譲り渡し、新たな観光名所として盛り立てるもよし、博物館に寄贈するもよし。自由に活用してもらうのが筋だろう。

そんな風に盛り上がっていると、ジビアは、モニカが終始無言なことに気が付いた。

「――ん、モニカ？　どうした？」

モニカは顔を青くさせ、頭を抱えている。

「島民に知らせるのは……待った方が良いかな……」

掠(かす)れた声だった。まるで生気がない。

「いや、いずれ見つかるだろうし、時間の問題なんだろうけど……今は待って……」

「ん、なんで？」

「……ボクたち、壊しちゃったわけじゃん？　この海賊船……歴史的文化財……」

「いやだから、済んだことは仕方ねぇって。バレたら国際問題レベルだろうけどさぁ。あたしらが全員口裏合わせりゃ――」

バレねぇだろ、とジビアが言葉を続ける前に、モニカが唇を震えさせた。

それは、あまりに楽観的だったリリィとジビアを地獄に叩き落とす事実であり、ある意味では宝探しより高難度のミッションの幕開けだった。

「銃弾、回収しないと」

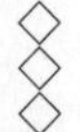

――バカンス六日目昼。

バカ共三人は海賊船が鎮座する洞窟で倒れ伏していた。持ってきた食糧も水も失い、仰向けに倒れ、現実逃避するように呆然としている。

リリィとジビアが疲弊しきった声を漏らした。

「……銃弾、見つからないですねぇ」

「無理だろ。こんな洞窟で、銃弾を見つけるなんて」

二日間、昼も夜も寝ずに三人は放った銃弾を探し続けた。

天井に放った銃弾は三発。それは天井に跳ね返ったあと、この洞窟のどこかに転がっているはずである。洞窟の水底に沈んだか、岩の隙間に挟まったか。目を皿のようにして懐中電灯のみで探したが、見つけられていない。

バカンス四日目の夜には、サラから仔犬のジョニーを借りたが、犬の嗅覚でも見つけられなかった。硝煙の香りは洞窟内に籠った磯の臭いでかき消されてしまったようだ。

三人がここまでして探す理由は一つ。

——三発の銃弾は、リリィたちが海賊船を破損させた証拠だからだ。

リリィたちが用いたのは、ディン共和国製の拳銃だ。銃弾も同じ。ここ数年のうちに製造されたもの。もし海賊船内で見つかれば、発見者のリリィたちが用いたことは明白。

そして甲板の穴は、折れた木の腐食具合から最近のものだと分かる。

もちろん、バレないかもしれない。銃弾が見つからないかもしれないし、見つかっても甲板の穴と結びつけることは難しい。むしろ、バレない可能性の方がずっと高い。

だが——バレた時のリスクが計り知れない！

三人の脳裏に過るのだ。各国メディアが次のように報じることを。

——『ディン共和国の観光客が、大海賊ジャッカルの海賊船を発見＆破壊。推定価値三百億デント相当の被害と推定。観光客はなぜか拳銃を所持しており、発砲した痕跡が発見され、露呈した。この極めて悪質な迷惑行為に、世界中の歴史学者はもちろん、ライラット王国の文化省は激怒し、国民はディン共和国に対する抗議運動まで——』

「謝って許されるレベルじゃねぇよなぁ！」

ジビアが声を張り上げる。

何度も繰り返した妄想で、心が押し潰されそうになっていた。ジビアは身を起こして、目元に大きなクマをつくったモニカに声をかける。

「一刻でも早く発見しねぇと！　とんでもねぇ事態になるぞ！」

「うん。それは理解しているんだけどね……」

「どうする？　このまま探し続けても埒(らち)が明かねぇぞ。人を増やすか？」

「いや、やめよう。情報漏洩(ろうえい)のリスクがある」

モニカが首を横に振る。

現在、人払いは徹底していた。周辺には『通行禁止』の立て札を並べた。また海賊船が海に流れていかないよう、何本ものロープで繋(つな)ぎ止めている。

だが、これも時間稼ぎに過ぎない。

こんな居住区に近い洞窟、島民か海軍に見つけられるのも時間の問題だ。

「装備を増強するしかないですね」

リリィが身を起こした。

「照明と発電機が不可欠でしょう。ありったけの装備がいりますよ」

「だね」モニカが頷(うなず)いた。「こんなチンケな懐中電灯じゃ無理だ」

三人が使用しているのは、洞窟探検用のライトだ。進行方向は照らせても、空間まるごと明るくする光量はない。銃弾が水底にあれば、回収するには暗すぎる。

「町に行って、最高のものを揃(そろ)えましょう。皆さんの所持金、オープン！」

号令の下、三人で財布の中を見せあった。

リリィ、お札四枚。ジビア、お札八枚。モニカ、小銭六枚。

つまるところ、ほとんど滞在中の食費だけで終わる金額。

モニカが息をついた。

「……ま、こんなもんだよね」

宿泊費は既に払っているし、探検道具は全部現地で揃えたため、所持金はほとんど使ってしまっている。この異国の離島では自国の銀行から金を引き出せない。

「まずは金策か。あたしらでバイトでもするか？」

「だとしたら、手っ取り早く稼がないといけませんね。時間はありませんよ」

この八方塞がりの状態に頭を抱えるジビアとリリィ。

残された時間は、あと一週間。金策にかけられる日数は、多くて三日だろう。

モニカが苦しそうに呟いた。

「――一個、アイデアがある。今、この島でもっとも簡単に大金を稼げる方法」

「「お？」」

リリィとジビアが興味深そうに視線を向ける。

ただ、なぜかモニカは辛そうに唇を噛んでいた。

「けど、正直気乗りしない。最悪の手段だからね」

「と、とにかく話せよ」ジビアが手を振る。「それでもやるっきゃねぇだろ。この非常事態だ。多少のことは我慢しねぇと」

「………今、ティアは随分とモテているそうだ。男たちに貢がれてね。男性の軍人が多く、女不足の島なんだ。若い女はそれだけで価値がある」

告げられた情報にリリィとジビアは「「なっ」」と同時に息を呑んだ。

モニカは淡々と言葉を続けた。

「性サービスの市場価値が高い――これ以上の説明は要らないよね？」

リリィとジビアは顔を赤くしつつ、唇を噛む。二人とも正しく理解した。確かに他に手っ取り早く稼げる方法は浮かばない。

「い、いや、さすがにそれは……」ジビアが目を泳がせる。

「ボクだってこんな手段は嫌さ！　けれど、仕方がないだろう。状況が状況なんだ」

強い覚悟が籠った言葉に、洞窟内は重苦しい沈黙で満たされた。

五分間、少女たちは黙って、別のアイデアを探した。しかしどれだけ頭を巡らせても、他の答えは出てこない。リリィは頰を赤らめて「うううぅ、そんなのぉ……」と震えているが、結局良い回答を出せなかった。

溜め息をつくようにモニカは口にした。

「覚悟を決めよう――ボクたちだって、清らかな身ではいられないってことさ」

――バカンス六日目夜&七日目。

リリィ、ジビア、モニカの三人は洞窟での銃弾捜索を諦め、一度、町の方まで戻った。

まずは宿で熟睡した後、日が暮れてから動き出す。

リリィとジビア、モニカの宿には、ティアも寝泊まりしていた。

ティアは夕方頃に出かけていったらしい。ホステスのような服を纏っていた、と宿の主人から教わった。目的はよく分からないが、今はそれどころではない。

モニカが宿の主人に交渉をする。

「絶対弁償するんで、部屋を少し荒らさせてください」

言葉巧みに『サプライズで』とか『宗教上の理由です』とか言葉を並べ、宿の主人から許可と口止めの約束を取り付ける。

三人は各々バケツいっぱいの海水を汲んできた。

「てぇーい」「そぉーい」「ほぉーい」

ティアの部屋に海水をぶちまける。

ついでに海藻や海の生き物をばらまき、あたかも超自然的な現象が起きたかのような惨状に部屋を作り替えた。

工作の効果は翌朝に発揮した。

廊下の方からティアの疲れ切った声が聞こえてきたのだ。

「衣類は全部捨てるわ。さすがに気味が悪くって、洗濯しても着られないもの」

予想通り、不気味がってくれたらしい。

海賊の呪い、なんて伝承が残る島で、こんな心霊現象じみたことが起きれば、それが必然だろう。予想通りティアは、私物をゴミとして捨て始めた。

その様子を、モニカがこっそりと盗撮してみせる。

「撮影完了」

ティアがゴミとして服を捨てる姿は、ばっちりとフィルムに収められた。

バカンス七日目の夜、三人は目出し帽で顔を被い、移動を開始した。

目指していたのは、海軍基地近くの酒場。価格は安いが、席も狭く、内装も粗野。男性に向けた脂っこいメニューばかりの店。

店内にいるのは男性客ばかり。店がもっとも混み合う時間を狙ったので、四十人近い軍人たちが、肩が触れ合うような距離でジョッキいっぱいのビールを胃に流し込んでいる。

タバコの臭いが店一杯に充満していた。

三人は臆することなく入っていった。

「あ、なんだお前たち――」

店内にいた男性客が気づいた。

まるで強盗のような風貌の人間が現れたことで、すぐに店内の客からの注目は集まった。

店は一瞬のうちに静まり返り、異様な緊張感に包まれる。

一歩前に出たのはジビアだった。

「今朝、例の『黒髪のサキュバス』が部屋の所持品を整理した。これは彼女が多くの衣類を捨てている現場の写真だ」

現像したばかりの写真を、ジビアが掲げる。

既に何枚も作ってあるので、近くの男性客にばらまいていく。彼らは写真を見ると「あ、ホントだ」「あの美しい少女だ」と弾んだ声をあげる。

そう、この反応が欲しくて、わざわざティアに服を捨てさせたのだ。

再び全員の視線が集まったところで、ジビアが声を張り上げた。

「『黒髪のサキュバス』中古衣類オークション、開・催・だあああああっ‼」

「「「「うおおおおおおおおおおおおおおおおおおっ‼」」」」

一気に沸き立つ、店内のむさくるしい男たち。男性客だけでなく、男性の店員まで両腕を突き上げ、雄たけびをあげる。女に餓えた男たちの熱狂は留まるところを知らない。

ティアの中古衣類は予想の五倍、高値で売れた。

【ジビアは、さすがに売らなかったティアの下着をゲットした！】

【リリィたちは、船舶用照明をゲットした！】

――バカンス八日目。

「金は得られたが、そもそも島内に発電機を売ってる店がなかった」

「確認ミスでしたね。うけるー」

「アホな会話してないで、さっさと支度しろ」

ジビア、リリィ、モニカの順番に言葉を並べ、海賊船の中に入っていく。

中古衣類オークションで十分な金銭を得られ、その一部をティアの部屋を荒らしたクリーニング代として宿の主人に払っても、潤沢に余った。それで船舶用の巨大な照明を得られたのはいいが、発電機の方はあいにく売り切れてしまっていた。

洞窟内で照明を扱うには、どこかから発電機を入手せねばならない。

モニカが海賊船の船内を漁りながら口にする。

「気を引き締めないと。発電機が手に入る場所なんて限られているんだから」

「で、海軍基地ってわけか」

「基地のどこかに発電機くらいあるでしょ？　それをちょっと借りよう」

モニカは海賊船の倉庫に積まれていた衣類を発見した。

二百年の年月を経たと思われる服は、とても清潔とはいえなかった。ほぼ全てがカビや虫に侵食され、無数に穴が空いている。

リリィが嫌そうに顔を歪めた。

「で、なんでこのボロ切れを着るんです？　うぅ、磯臭い……」

「持ってきた私服や、島に売っている服で忍び込むわけにはいかないでしょ」

万が一見つかった時に困る。

都市部でのスパイ活動とは異なり、人口の少ないこの島では、服装から個人が特定されやすい。普段用いている任務用の服は、このバカンスには持ってこなかった。

海賊の服から、できるだけ綺麗なシャツとマントを三人分選んだが臭いはキツイ。

「ま、これくらいの対策で大丈夫でしょ。夜にさっと忍び込んで、回収するだけだから」

そう楽観の言葉を口にし、三人は準備に取り掛かることにした。


モニカの見込みは正しく、夜中、海軍基地に忍び込んだ彼女たちはあっさりと倉庫に眠っていた発電機を発見した。警備システムなどは完璧に解除し、誰にも見られることなく目的のものを回収。ジビアが背負い、すぐに退散しようとする。

数々の修羅場を掻い潜ってきた少女たちからしてみれば、この程度はわけがない。

問題は、彼女たちが倉庫から出た直後だった。

「「「………帰れねぇ」」」

島に突如、嵐が訪れていた。

風が吹き荒れ、雨が横殴りするような激しさで少女たちに打ち付けている。枝やゴミが宙を舞っており、迂闊に外を歩くことも危ぶまれた。

少女たちはしばらく倉庫に隠れていたが、嵐は一向に収まりそうにない。

むしろ時間が経つにつれ、勢いは増している。

「え？　これ、どうする？　発電機背負って海岸沿いを歩くか？」

「いや、無理でしょ。発電機、壊しかねないし」

「さぶいですっ。べぇっくしょん！」

ジビア、モニカの順で呟き、リリィが豪快にくしゃみをした。

かつて海賊が着ていたボロ切れを身に纏っているせいで、防寒性能は皆無である。低気圧のせいか、気温がぐっと下がっている。

モニカがリリィをチラリと見て、息を吐いた。

「お湯くらい借りようか。これじゃ風邪引いちゃうよ」

倉庫から宿舎の方へ歩き出す。

ジビアとリリィも、え、と驚きこそしたが、すぐに彼女の後を追った。今は暖をとるのが先決だった。

女性用の宿舎はカーテンが閉められ、静まり返っている。既に就寝している頃合いのようだ。四階建ての建物で、一階部分は食堂になっている。窓から覗き込めば、給湯器の存在も見える。

裏口を見つけると、ピッキングツールで鍵を開け、音もたてずに潜入した。

モニカは勝ち誇るように肩を竦める。

「ふん。こんなクソ田舎の海軍基地に、ボクの潜入を見抜ける者がいてたまるか」

それは明らかな油断だった。

彼女たちは一歩、食堂に踏み込んでから失態に気づく。

——実は海軍宿舎に、モニカたちの潜入を察知できる者がいた。

ん、とモニカたちが気配を察すると同時に、その者は玄関の方から音を聞きつけたように羽ばたいてきて、ちょうど食堂中央のテーブルに降り立った。

「――――っ⁉」

そして、驚くように身体をビクつかせる。

三人はその者――というより、その鷹の名を知っていた。

「……バーナード？」

モニカが首を傾げる。

サラのペットである鷹だ。いまやコードネーム『炯眼』の名が与えられた、『灯』の一員。なぜ、この海軍宿舎に彼がいるのか。

見間違いじゃないか、と訝しがる。

「バーナードですね」「バーナードだな」「バーナードだよねぇ」

が、やはりそれは何度見ても同じだった。

裏口の常夜灯に照らされ、鷹は侵入してきたリリィたちをじっと見つめている。

「………………」

「めっちゃ睨んでいません？」「なんで？」「怪しい人物だからでしょ」

鷹は、夜でも人並みに視力が利くという。

突如ぐわっと翼を大きく広げた。なにやら不審人物として認識されたらしい。

食堂を羽ばたき、食堂隅に積みあげられた椅子に体当たりし、崩していった。大きな音が響いて、食堂の外から「何っ⁉」「泥棒っ⁉」という女性の声と足音が聞こえる。

「くっ、このバカ鳥め……っ‼」

「バーナード大先生に対する無礼な発言は許しませんよ！」

「ブレーカーを落とせ。早く暖がとれるものを確保してズラかるぞ」

そこからの手際（てぎわ）は良い。

モニカはコインを投げて食堂にあったブレーカーを落とし、宿舎全体を停電させる。ジビアは素早く食堂棚からマッチとロウソクを探していく。

女性軍人は混乱しているようだが、勇敢に食堂の方へ向かってくる。

そこにリリィが駆けつけ、廊下の前に立ちはだかった。

「えぇい、ヤケクソですっ！」

彼女は一応携帯していた、十八番（おはこ）でもある痺（しび）れガスを作動させる。

「コードネーム『花園（はなぞの）』――咲き狂う時間ですっ！」

屋内ならば圧倒的な制圧力を誇る、彼女の得意技。

食堂廊下で放たれたガスは、やってきた女性軍人たちの身体の自由を奪っていき「金縛り……!?」と混乱させていく。

その後、時間稼ぎをしながらマッチやロウソクを探し回り、途中なぜかやってきたサラに蹴り飛ばされながら、少女たちは海軍基地から逃げ出した。

【モニカは、海軍基地からパクッた発電機をゲットした！】

【リリィは、鷹のバーナードに追いかけ回される羽目になった！】

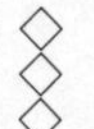

——バカンス九日目。

紆余曲折(うよきょくせつ)を経て照明と発電機を確保した三人は、海軍基地の片隅でマッチとロウソクのみで暖を取り、一夜を明かして、早朝帰路についた。

もはや宿に戻る気力さえ残っておらず、道中に隠していた私服に着替えて、辿り着けた砂浜に倒れ込んだ。昨夜の嵐がまるで嘘(うそ)のように、砂浜は乾いている。ビーチは三人にとってはどんな羽毛布団よりも優しく温かく包み込んでくれる。

「なんでわざわざ離島で、こんな疲弊してんのさ。ボクら」

「分からん。とにかく今日は休んで、明日からの三日間が勝負だ」

「あの、バーナード大先生、まだ上空から追っかけてくるんですが……」

せっかくの休暇をドブに捨て続けているような愚行に、自分たちでも呆れるが、取り返しがつかない事態ゆえに仕方がない。嵐が去った青空には、鷹がなお自分たちを逃さないようにぐるぐると旋回している。

三人が砂浜で青々とした空を見上げていると、グレーテがやってきた。

「皆さん、どうされました……？」

心配そうに見つめられる。

正直に明かす気にはなれなかったので、適当に誤魔化し、ジビアが「グレーテはどうだ？　バカンス満喫しているか？」と話を振る。

「……いや、どうでしょうかね？」

彼女は苦々しい笑みを見せた。

「ん？」「およ？」「え」

三人はその反応に首を傾げる。

じっと視線をぶつけていると、グレーテは観念したように明かしてくれた。

「いえ、ただ負けられない戦いに挑むところです。いつものことですよ……」

なにやら、クラウスの件で悩んでいるようだ。彼女の沈んだ面持ちから、深刻さは察せられる。もしかしたら許嫁（いいなずけ）を名乗る女が現れたせいか。

「グレーテ」

モニカが立ち上がり、グレーテの肩の上に手を置いた。正面から彼女を見据える。

「詳しい事情は知らないけどさ、ボクからのアドバイスは一つかな」

死んだ魚のような瞳でモニカは言った。

「――大切なものを、見落としちゃダメだよ」

大切なもの（銃弾）を見落とした女の言葉は、重みが違った。

続くようにリリィとジビアも笑いかける。

「そうですよ。見落としてから気づくなんて程、哀（かな）しいものはありません。後悔しか残らず、毎晩毎晩泣いちゃったりして――」

「でも、どれだけ願っても時は戻らねぇんだ。グレーテはそんな失敗すんなよ？」

全員、目に光はなく、声には切実な感情が込められていた。

大切なものを見落とした女たちからの実感の籠ったアドバイスに、グレーテは「皆さん……っ」と感極まったように反応する。

三人はアイコンタクトで《マジでどの口が言っているんだろう、ボクら》《え？　リリィ泣いてんの？》《毎晩三デシリットル》と対話をする。

もはや、あまりのバカバカしさに吹っ切れるような心地もあった。

ジビアは勢いよく立ち上がると「じゃっ、グレーテの勝利を祈って遊んでいくか！」とグレーテの肩を抱いた。

モニカとリリィは「えっ、今から⁉」「まだ休みたいですよ……」と困惑したが、ジビアが「いいんだよ‼　バカンスなんだから」と言い張ると、彼女たちも呆れた笑みを見せつつ、グレーテの身体に飛びついていった。

「えぇっ⁉」と戸惑うグレーテを海に引きずり込んでいく。

「ヤケクソじゃぁ！」「まったくだぁ！」とハイテンションに声をあげ、その日は夜まで遊び通す。

ストレスが限界まで達していたがゆえの暴走だった。

【ジビアは、励ましてくれたお礼として、グレーテから白い布をゲットした！】


日が暮れた頃にグレーテは宿へ戻り、リリィたちはレストランに向かった。

客が少ない、海辺の落ち着きのある店だ。窓は開け放たれ、潮風が吹き込んでくる。

久しぶりのまともな夕食に、最初リリィは元気よく海鮮料理を食べていたが、やがてテーブルの上に顔をつけ、穏やかな寝息を立て始めた。疲労がピークに達したらしい。

イカのパエリアが運ばれてきたにもかかわらず、リリィは「もう無理ですぅ」と寝言を漏らしている。普段の彼女ならば考えられない。天変地異の前触れか。

「宿に帰ってから寝なよ。ったく……」

モニカがパエリアを取り分けつつ、溜め息をつく。

「…………」

ジビアはモニカの横顔をじっと観察した後、油まみれのスプーンの腹で、リリィの鼻をぺちぺちと叩いた。それでも一向に起きる気配はない。

リリィは深い眠りに落ちているようだった。

それを確認すると、ジビアはモニカの方に椅子をズラす。

「なぁ、モニカ。ずっと気になってることがあるんだけど、いいか？」

「なに？」

「――結局、リリィとの恋はどうなったんだ？」

パエリアを咀嚼（そしゃく）していたモニカは、咽（む）せ込んだ。ジビアが差し出したミネラルウォーターのグラスを掴み、慌てて飲み、大きく深呼吸する。

「そこ、踏み込んでくる？」

モニカが批難がましく睨んでくる。

が、ジビアからしてみれば当然の疑問だった。

フェンド連邦での任務直後、リリィとモニカがギクシャクする期間があった。モニカが『キミのことが好きなんだ』と率直に伝えたことで、リリィが困惑していたのだ。その後、陽炎（かげろう）パレスで話し合いがもたれたらしいが、結論は二人にしか分からない。

ジビアが右の掌（てのひら）を上に向け、語りだした。

「いや、間に立たされているあたしの身になれよ。超やりづらい」

「それはそうかもしれないけど……」

「最低限だけ教えてくんね？　振る舞い方が分かんねぇ」

実はずっと気を遣い続けていたジビアである。

なぜか元通りの関係に戻っているリリィとモニカの間に挟まれ、場を盛り上げた方がいいのか、二人きりにさせた方がいいのか、終始頭を悩ませていた。

モニカは、パエリアのムール貝の殻を、そっと爆睡するリリィの頭に乗せた。しかし、リリィが起きる様子はない。

「気にしない。いつも通りの関係を続ける——そういう結論になった」

「へぇ……どっちから言った？」

「ボクから希望した。それが一番、居心地がいいからね。リリィも了承してくれた」

つまりは現状維持らしい。

モニカは食後の紅茶を注文すると、テーブルに肘をつき、ジビアから目を背けるように窓の外を見つめる。詳細まで語る気はないようだ。

「これ以上の説明はいい？」

「おう。ただ、何かあったら抱え込まず相談してくれよ？」

「……どうだろ」

「ティアよりはマシだろ」

「間違いない」

ジビアは、リリィが食べない分のパエリアを自身の皿に盛りつけ、平らげていく。心なしか美味(おい)しく感じられた。

しばらく潮風が流れるだけの、静かな時間が続いた。

紅茶が届く頃に、モニカはぽつりと呟(つぶや)いた。

「クラウスさんさ、ボクたちに全員集合することを禁じたじゃん？」

「ん？　あぁ、そうだな」

バカンス初日に告げられた、謎のルールだった。一日目、十三日目、十四日目以外に全員集合してはならない。ジビアはその意図をいまだ理解できていなかった。

「アレ、一種の訓練じゃないかな。クラウスさんのことだから」

モニカは、眠りこけるリリィのつむじを見つめる。

「──多分、ボクたち『灯(ともしび)』はバラバラになるんだと思う」

「え──」ジビアが息を呑(の)む。

「クラウスさんの深刻そうな顔からして、そう思う。グレーテも察しているようだった」

「あ……だからボスとの関係を悩んでいたのか？」

モニカが紅茶を口にし、小さく息をついた。

「このバカンスはその予行ってことさ。数か月、半年、あるいは一年、ボクたちは離れ離れになって、連絡を取り合うことさえ許されなくなる」

「…………」

「世界の危機は近づいている。情報収集の効率をあげるなら当然の判断だ」

モニカの説明に、ジビアは納得せざるをえなかった。

これまで『灯』は全員で一つの都市に長期間滞在することが多かったが、それは、おそらくクラウスが少女たちを守るための判断だったのだろう。

――だが、もし『灯』を散り散りにすれば？

クラウスは世界中を縦横無尽に移動できる。世界各地にいる『灯』メンバーから情報を受け、難易度が高い仕事のみをこなし、また別の国へ行ける。

効率だけを考えれば、紛れもなく正しい選択だ。

「もちろん、どれくらいの期間、どれくらいの規模で『灯』を離散させるのかは、分からない。ただ、クラウスさんが悩むってことは相当だと思う」

「…………そうだな」

「寂しくないと言えば嘘になるよね」

ジビアは頷いた。

これまでも『灯』は短期間ならば、バラバラで生活することはあった。ガルガド帝国や龍沖(ロンチョン)では、一か月近くチームを二分割ないしは三分割して任務をこなしていた。

だがどれも同じ都市に滞在していたし、情報のやり取りなどで顔を合わせることもあった。一月(ひとつき)や二月(ふたつき)も経(た)てば、陽炎パレスに戻って全員でバカ騒ぎができた。

――『灯』の離散。

嫌だと喚(わめ)くのは簡単だが、迫りくる世界の危機を思うと、受け入れざるを得ない。

モニカはリリィのつむじに視線を戻している。その表情の奥にある感情は分からなかったが、ひどく温かみのある視線には違いなかった。

ジビアは、かける言葉を選ぶのに時間をかけた。

「……大海賊ジャッカルは、故郷に二度と帰らなかったそうだぜ」

「なにそれ」モニカが薄く笑った。

ジビアが肩を竦(すく)める。

「どんな気持ちなんだろな、ジャッカル」

「分かるわけないでしょ」

「会ってみたいぜ、大海賊」

自分でも何が言いたいのか分からなくなって、ジビアは口を噤(つぐ)んだ。

ただあの洞窟にある海賊船と、船長室で息絶えていた骸骨の姿を思い出し、大海原に勇ましく飛び出したジャッカルを夢想する。

――バカンス十日目。

海で遊んで宿で眠り英気を養った三人は、再び海賊船が眠る洞窟まで舞い戻った。幸い荒らされた形跡はなく、なんとか見つからずに済んでいるようだ。

海賊船がある洞窟はやはり暗闇に包まれているが、今回は装備が違う。

「さぁっ、銃弾を一瞬で見つけ出して、あとはバカンスを満喫してやりますよぉ！」

リリィの号令の下、ジビアとモニカが持ってきた装置を稼働させる。

「発電機作動っ‼」「照明、点灯っ‼」

元々は漁船でイカや魚を誘き寄せるためのライトらしい。海賊船の甲板や洞窟などに計五か所、起動させる。直径五十センチほどの巨大な照明が洞窟内を照らし、また用意した鏡に反射させることによって洞窟全体を明るく照らし出した。

効果は歴然だった。これまで懐中電灯で一回一回照らしていた手間がなくなり、視野が格段に広くなる。水中に照明を向ければ、水底まで見渡せた。

開始二時間ほどで成果があがった。

「お、一個見つけた」

「アタシも一個、見つけたぜ」

モニカとジビアが、それぞれ一個ずつ見つけてきた。二つとも洞窟の水底に落ちていた。やはり照明がなければ、発見できない場所だった。

この結果にリリィは満足げに頷いた。

「ふふっ、残り一個ですね。やはり効率が全然違いますね。瞬殺です」

「気を抜いちゃダメだよ」

モニカはなお手を動かしながら、叱責する。

「仮に今この瞬間にでも、他の誰かに見つかったらアウトなんだから」

「わ、分かっていますよぅ。でも洞窟の入口には『立ち入り禁止』の立て看板も置きましたし」

「その油断が命取りなん――」

モニカの言葉が途中で詰まる。

巨大な影が洞窟内に生まれたのだ。洞窟に置いたライトの前に誰かが立っている。洞窟の壁には、仁王立ちするツインテールの少女の影。

三人はほぼ同時にライトのそばへ駆け出した。

「俺様っ、すっげえええええええものを見つけましたっ‼」

洞窟に出現していたのは——アネット。

灰桃髪のツインテールをぴょこぴょこと揺らしながら飛び跳ね、キラキラと目を輝かせている。

初めてリリィたちが海賊船を目の当たりにした時のように「すっげー」「すっげー」と語彙を失いながら、あらゆる角度で眺めている。

「俺様っ、完璧ですっ。海軍基地で変な服の姉貴たちを見つけて、ずっと尾行していたかいがありました！　バーナードも上空にいたので追跡は余裕ですっ！」

あの海軍基地にはアネットもいたらしい。気配を殺すことに長けた少女だ。尾行にもまるで気が付かなかった。

アネットは自慢げに種明かしをした後、くるりと踵を返した。

「俺様、さっそく他の島民に言い触らしてきますっ！」

「「「やめろおおおおおおおおおおおおおおっ‼」」」

三人はただちにアネットのスカートに飛び掛かって、取り押さえにかかった。

必死にリリィは声を張り上げた。

「アネットちゃん、それはダメです！　いけません！　下手したら、国際問題が起き、わたしたちはクラウス先生にボッコボコにされます」

「俺様っ、そんな些細なこと知ったことじゃありませんっ！」

「この悪魔めえええええええええっ！」

考えうる最悪の闖入者だった。

アネットは、常人と思考回路が異なる。なによりも自分が最優先。それどころか時折、他人を好き好んで甚振る時もある。まともな説得は通じない。

「――交渉しようぜ、アネット！」

ジビアが声を張り上げた。

「何が望みだ？　黙っていてくれるなら、なんでも願い事を聞いてやる！」

なりふり構わない全面降伏だった。

交渉としては下策中の下策。モニカが「バカッ、アネット相手にそれは……っ」と口を挟むが、ジビアは「仕方ねぇだろ！」と一喝する。

するとアネットは身体から力を抜いた。懇願する三人を表情なく見つめ――。

「むっひぃ」

――とこれまで見たこともない程、口角を上に持ち上げた。

もう嫌な予感しかしなかった。

「なら態度で示しやがってくださいっ」

三人はスカートから手を離し、「「「はいっ、アネット様」」」と洞窟に膝を付く。

「まずは船内を案内してくださいっ。そして――」

アネットは三人を従え、高らかに宣言する。

「――俺様が希望する、材料を集めてきてくれれば黙っていてやりますっ」

――バカンス十一日目&十二日目。

アネットは二日間、リリィたちをコキ使い続けた。彼女は鉄やら錫やら銀やら、大量の素材を要求し、その要望に応えるため、三人は島中を駆け巡る羽目になった。

そして、アネットは海賊船自体にも興味をもった。

「俺様、お宝の中身も気になるので全て降ろしてくださいっ！　大海賊ジャッカルの帽子も剣も全部ですっ！」

「はいいいぃいぃいぃいっ」

船室いっぱいに詰まっている財宝を、全て船から降ろす羽目になった。一般市民よりは力がある少女たち三人がかりで、半日ほどかけて、荷下ろしを終わらせた。それほどまでに大量のお宝だった。船の隅々まで詰まっていた。

途中三人は洞窟を離れて「アネットを襲おう」「縛り付けよう」という算段を練ったが、手を出した瞬間、万が一失敗すれば終わりだ。逆らえなかった。

結局、解放されたのは十二日目の夕方。

「俺様っ、これで、たっぷりの材料が集まりましたっ！」

洞窟内にある山のような金属を見て、アネットは満足したように頷いた。

「い、一体なにを作る気なんですか……？」

額から汗を流してリリィが尋ねるが、返事はなかった。

アネットは両手を腰に当て「俺様はこれで解放してやりますっ！」と宣言する。

三人は力なく頭をさげた。

「「「はい、アネット様………」」」

「あ、あと、姉貴たちっ！」

　途中アネットはぴょんと飛び跳ね、三人の前に顔をぐっと近づけさせてきた。

「これ、甲板に落ちていたんで差し上げますねっ！」

「「「え…………」」」

　それは、リリィが撃った銃弾だった。既にアネットが拾っていたらしい。

　リリィたちが唖然として言葉を失っている間に、アネットは離れていく。

　三人は大きく息を吐きながら、海賊船のそばの地面にへたり込んだ。全員で背中を合わせ、体重を掛け合い、バランスをとる。

　モニカ、ジビア、リリィの順に口元を緩める。

「まぁ、色々あったけど――」

「これにてミッションコンプリートってわけだな」

「長い道のりでしたが、なんとか片付きましたねぇ」

　拳をぶつけ合わせ、労をねぎらう。

　時間ギリギリとなってしまったが、とうとう三つの銃弾を見つけられた。明日の朝まで眠ったとしても、バカンスを楽しむ時間はたっぷり残されている。

　リリィたちは、ぼんやりと海賊船を見上げた。

一部破損したとはいえ、海賊船はなお雄々しく洞窟内に鎮座している。何度見ても慣れることのない、奇跡のような光景だった。

「そろそろ、この大発見を報告しないといけませんね」

それが最後の仕事だった。きっと警察か海軍に言えば、すぐ駆けつけてくれるはずだ。

リリィの呟きに、ジビアが同意する。

「きっと皆、驚くだろうなぁ。島中、いや世界中が大騒ぎだろうよ」

「…………」

モニカは二人の会話に混ざらず、ゆっくりと立ち上がった。

支え合っていたうちの一人が突如抜けたことで、リリィとジビアはバランスを崩し、こてんと転がり「「あて」」と声を漏らす。

それに構わずモニカは、海賊船に近づいていった。

「最後に一回くらい、乗り込もうかな」

「「え？」」

「これで海賊船は見納めだよ。多分、二度と近づけない。研究者がわんさか押し寄せて、この洞窟は立ち入り禁止になるんじゃないかな」

確かに、と他の二人も同意する。

この歴史遺産そのものである海賊船の存在が知れ渡れば、真っ先に行われるのは保全だ。直ちに洞窟は封鎖され、海賊船に乗るなど叶わなくなる。

リリィも「それもそうですねぇ」と叫び、立ち上がった。

「思い出に乗っておきましょうか！　最後にまた海賊ごっこでもします？」

「絶対に銃は使うなよ？」

駆け出していくリリィに、モニカが目を細めながら釘を刺す。

そのまま背中を追うように歩き始めるモニカに、ジビアが抱き着くように首に腕を回し、耳元で囁いた。

「なぁ、モニカ。リリィと二人きりにしてやろうか？」

「は？　だからそういうの――」

「いいだろ、バカンスの思い出だよ。あたしは離れてやっから」

ジビアは口元をにやにやとゆがめ、モニカの背中を叩いた。

モニカは抗議するように唇を噛んでいたが、離れていくジビアの背をしばらく眺め続け、一度大きく息を吐き、海賊船の甲板へ上がっていった。

先に上っていたリリィは船首に片足を乗せ、気取ったポーズを取っていた。髪をかきあげオールバックにし、勇ましい目つきをしている。

「船長のリリィちゃんです」

「突然どうした？」

「モニカちゃんたちを勇気づけようと。なんだか不安そうな顔をしているので」

「………っ」

思わぬことを突き付けられ、モニカは息を呑む。

二人の不安――九日目に話した、これから『灯』がバラバラになる可能性。

モニカとジビアはあえてそれをリリィには伝えなかったが、察せられてしまったらしい。

仲間の感情には敏感な少女なのだ。

「さすがに気づきますよ。これでも『灯』のリーダーなので」

リリィは船首の先を見つめながら呟いた。

「きっと、わたしたちはこれから大海原に出るんでしょうね。正確な地図もなく、荒波に揉まれるような、激動の時代に」

「そうだね……」

「でも恐れることはないですよ。なにせ、我々は大海賊ジャッカルの海賊船を見つけ出したスパイです。世界の秘密なんて、楽勝だと思いませんか？」

リリィは勇ましくナイフを前方に突き上げ、口にした。

「この長い航海、絶対に成功できますよっ！　わたしたち『灯』ならっ！」

「…………そうだね。うん、そうかも」

海賊船で宣言するリリィ。

呆れるように息を吐きながらも、目元は微笑んでいるモニカ。

そして、そんな二人の会話を実は下で聞き、腕を組んで頷いているジビア。

どんな逆境でもリリィの声は勇ましい。スパイとしての能力は高くなくても、彼女が宣言するだけで、どんな任務も達成できそうな不思議なエネルギーが湧く。

――このバカンスの先にある任務も、乗り越えられそうな希望。

朗らかな声でリリィが宣言する。

「船をだせえええええええっ！　『灯』海賊団の出航じゃああっ！」

「はいはい、リリィ船長」

二度目の海賊ごっこに、モニカは苦笑した。

もちろん、それは比喩だ。次なる任務を、海賊時代の大海原に喩えただけの話。『船を出せ』というのも『任務に挑むぞ』という鼓舞以外の何ものでもない。


――だが、ずずっと海賊船は動き出した。

「「「え？」」」

過去一番の気の抜けた声をあげる三人。

すぐさまモニカは甲板の端に寄り、船の下にいるジビアに叫んだ。

「ジビアっ⁉　何やってんの⁉」

「いや、知らん！　あたしは何もしてねぇ。ロープが切れてるっ！」

ジビアは船と洞窟を結び付けていた五本のロープに駆け寄った。どれも断ち切られている。ジビアはそのロープを掴んで、慌てて海賊船に向かって投げたが、海賊船は既に海の方へ流れており、ロープは水に沈んでしまう。

なぜ、こんな事態になっているのか、疑問でしかなかったが。

「――俺様っ、言われた通りに船を出しました！」

素っ頓狂な声が洞窟内に響いた。

全員が視線を投げると、そこには大海賊ジャッカルの帽子を被ったアネットがビシッと敬礼していた。まだ洞窟内に残っていたらしい。

全部、彼女の仕業らしかった。船を動かすカラクリでも仕掛けていたのか。

「「「はあああああああああああああああっ⁉」」」

絶叫する三人の抵抗も虚しく、海賊船は少しずつ海の方へ引っ張られていった。

海賊船はモニカとリリィを乗せたまま、湖から海へと繋がる洞窟内の川を進んでいく。途中、壁にぶつかりながらも、確実に洞窟の出口へ向かっていた。

ジビアは船を追いかけつつ、懸命に海賊船を止めようとするが、いかんせん手立てがなかった。切断されたロープは短く使いものにならない。ジビア一人の力で止められるようなサイズではなかった。

このままでは海賊船は洞窟の外まで出てしまい、海に漂流してしまうだろう。

（――なんにせよ、ヤべェことになったたっ‼）

迷っている場合ではなかった。

「あたし、人を呼んでくるっ！　モニカとリリィは、うまく海賊船を守ってくれっ！」

「わ、分かりました……っ！」

怒鳴るようにリリィたちに伝えると、ジビアは町へ向かって駆け出した。アネットに何か指示する暇はない。彼女を置いて、険しい海岸をトップスピードで駆けていき、一般人が徒歩で三十分以上かかる道を、十分もかからず走破する。

見慣れたビーチまで辿(たど)り着いた時、浜辺に座り込む少女の姿が見えた。

幸いジビアも知っており、いま必要な人物だった。

「ラフタニアさんっ‼」

「ん、なんじゃ……？」

ジビアが初日に会った——宿の一人娘・ラフタニアは不思議そうな視線を寄越してきた。

尻についた砂を払いながら立ち上がる。

「む、クラウス様の生徒か。どうした、そんな慌てて——」

「モーターボートを出してくれっ！　アンタ、船があるって言ってたよなっ⁉」

「あ？」

「説明すると長くなるんだ！　とにかく遭難者が出たんだ。今、沖に流されていて——」

話しながら、ジビアは眉をひそめた。

ラフタニアの目元は腫れており、頬には大粒の涙が伝っていたからだ。

（は？　なんで泣いていて——）

ジビアにはまるで意味が分からない。

ただ彼女はビーチで一人、号泣していたらしかった。服の襟元まで濡れている。大粒の涙がそこまで伝っていくほどの時間、ここにいたらしい。手には豪華なウェディングブーケがあったが、強く抱きしめていたせいで花は潰れてしまっている。

「………遭難者？」

ラフタニアが不思議そうに首を傾げている。

その言葉でハッとする。今は涙の理由を聞いている場合ではない。

「予想を超えた奇跡があったんだ」と彼女の手を引き、ラフタニアを強引に連れ出した。

一方、海賊船に取り残されたリリィとモニカは、懸命に船を守ろうと試みていた。

自分たちの命を守るだけなら、船から飛び降りればよかった。だが、その場合、海賊船は船員なしで海を彷徨うことになり、いずれ沈没してしまうだろう。

なんとかして二人だけで海賊船を島に戻すしかない。

が、あまりに無謀な挑戦だった。潮に運ばれ、徐々に島から遠ざかっていく船。白い霧が立ち始め、島の方角さえ分からなくなっている。舵を切ろうにも、そんなものはとっくに壊れている。なにせ二百年前の船。浮いているだけで奇跡なのだ。

モニカは懸命に船内で道具を探しながら、叫んだ。

「リリィ、もう海に飛び込もうっ⁉　こんな大きな船を二人で操縦するなんて無理だ！」

「わたしたちが見捨てたら、この海賊船はどうなるんですかっ⁉」

「それはそうだけどっ……！」

「とりあえず帆を張りましょう！　島に向かう風を捕まえて、うまく戻れば……！」

「無茶過ぎる。第一、風なんて吹いてない！」

「やらないよりはマシ！　この海賊船は島の宝です！　わたしたちが守らないと‼」

二人はマストを登って、帆を束ねているロープをナイフで断ち切った。正しい手順で帆を広げるのは、さすがに二人では困難。重力に従い、帆は降りたが、至るところが破れている。これで風を捕まえるのは難しそうだった。

二人が見つけた鐘を鳴らしていると、海賊船の下からモーターの音が聞こえてきた。

「リリィっ、モニカっ、無事かっ⁉」

「ま、まさか、本物の――っ。あ、あの話は本当じゃったのか……」

ジビアが大きく手を振り、ラフタニアが驚愕(きょうがく)している。

リリィは海賊船に積んであるロープを投げ渡し、ジビアが離れないよう固く、ロープを結んだ。その後縄梯子(なわばしご)を用いて、ジビアとラフタニアを中板に引き上げる。

「こんな霧の中、よく見つけられたね」

モニカが感心したように呟くと、ラフタニアが頷いた。

「この辺の海流は島民なら把握しとるからな。大体の見当はつく。鐘の音もあったしな」

「助かるよ。このまま流されたらどうなる？」

「おそらく、この感じじゃと……」

ラフタニアは険しい顔をした。

「……このままなら海軍基地の方に近づくか。今もそう離れてないぞ」

「なんだ、霧のせいで分からなかったよ」

モニカが安堵の息を吐いていると、突如ラフタニアが船内に向かって駆け出した。何か思いついたらしい。

「ラフタニアさん⁉　突然どうしたっ⁉」

ジビアが慌てて引き留めるが、彼女が戻ってくることはない。

モニカが「海賊船に興奮しているんでしょ」とコメントし、作戦を練り上げる。

「今すぐ海軍に連絡して、保護してもらおう。無線機はボートにあるかな？　なければ他にSOSを発信できるものを探そう」

とにかく今は海賊船を守ることが最優先だった。

この文化遺産が難破することは、人類史にとっても大きな損失だ。

結論をまとめると、霧の向こうからぼんやりと陸地が見えてきた。海岸に並ぶ大きな建造物の形から海軍基地だと察しがついた。

「っ、本当に基地の目の前だったのか。急ごう。すぐに救難を――」

海賊船から揺れるような、轟音が響いた。

大きく船体が傾き、少女たちは甲板の上を転がった。

「「はぁっ!?」」

原因はなんだ、と考えたが、いなくなったラフタニアしか考えられなかった。

三人がすぐさま船室へ駆けつけると、彼女は大砲が並ぶ部屋で尻もちをついていた。大砲からは煙が漏れ、硝煙の臭いが立ち込めている。

どうやらラフタニアは大砲を放ったらしかった。

「……え? なんで?」

モニカが呆然と口をあける。

「二百年前の火薬と大砲が使えるわけなくない……？　第一、大砲の撃ち方なんて……」

「な……なに、やってんだ。バカっ‼」

固まるモニカの横を通り過ぎ、ジビアがラフタニアを取り押さえにかかった。

「誰かに命中したらどうすんだ⁉　やっていいことと悪いことが――」

「もう全部がどうでもいいんじゃ‼」

ラフタニアは強くジビアの手を振り払った。

彼女の目に再び涙が滲んでいるのを見て、ジビアは口を噤む。先ほど一人で泣いていたことからも、彼女は何か強い哀しみを抱えているらしい。

「ありがとうな、ジビア。この船に儂を導いてくれて。これほど素敵な死に場所もない」

硝煙が立ち込める船内で、彼女が口にする。

「――儂は人を殺してきた」

「「は？」」

「お母さんの仇じゃ。知っておるか？　あの男――メルシェ少尉という悪魔は、ビーチで戯れるお前たちを品定めしていたらしいぞ？　次、殺すターゲットを見つけるために」

三人の脳裏にあったのは、バカンス初日に見かけた不審な男。

アレはメルシェ少尉という人物だったらしい。ほとんど洞窟に籠っていた彼女たちでも島で起きた殺人事件と被害者の名前くらいは知っている。

ラフタニアは訴え続ける。

「儂は全て知ったのじゃ。あの男がお母さんを惨殺したことも。これまで島民や観光客の命を弄んでいたことも――そして、どうやったらこの殺人鬼を殺せるのかも！　儂は迷わず実行に移した。お母さんの無念を晴らすために！」

苛立たし気に近くの壁を殴りつけるラフタニア。

壁は長年の腐食のため劣化しており、簡単に割れる。

「後は、クラウス様に娶ってもらうだけだった。仮に事件の真相を知ったとしても……！　あの方なら儂の罪が露呈する前に島から連れ出してくれる。そのはずじゃった……」

ラフタニアが強く噛み締めた唇から、血が滲む。

「けどな、無理じゃったよ。さっき告げられたのじゃ――『この人殺しが』と」

「「「…………………………」」」

三人はまるで話が呑み込めなかった。

突然殺人を自白されたが、前提の情報を知らないので何も理解できない。小声で「ジビア、とんでもない奴を連れてきてない⁉」「あたしも知らねぇよ！　殺人？　なんの話⁉」

「……でも、本気で悩んでいるみたいですね」と囁き合う。

困惑はあるが、ラフタニアの慟哭に秘められた切実さだけは感じ取れた。

ラフタニアは、いくつもの過酷な体験を経て、この場にいるらしい。

そんな彼女が笑うように息を吐いた。

「見ろ、海軍基地の砲台が動いているわい」

「は？」

「この船はもう終わりじゃな」

三人は大砲が突き出ている窓から、海軍基地の方角を見た。まだ霧がかかって見えにくいが、基地沿岸に並んでいる砲台がゆっくり照準をこちらに定めているのが確認できる。

間違いなく、この海賊船を狙っているのだ。

一発砲弾を撃ちこまれて、海軍基地が反撃しないはずがない。

「儂はこの船と一緒に沈む。島に戻っても、海軍に拘束されるだけじゃからな」

青ざめる三人に、ラフタニアは微笑んだ。

「ありがとうな。死ぬ前に面白い体験ができたようじゃ。あのムカつく海軍に一発ぶち込んでやれたからのぉ」

そう礼を言って、ラフタニアはモーターボートの鍵を投げ渡してきた。

既に彼女は、生きることを諦めたような朗らかな笑みを浮かべていた。

残された時間は僅かだ。突然の砲撃に海軍は混乱こそしているだろうが、ひとたび号令が下れば、瞬く間に船は集中砲火に晒されるだろう。そうなれば、このボロボロの海賊船はあっという間に沈没するはずだ。

「早く行け」ラフタニアは手を振った。「儂に構えば、お前たちの命が――」

「――うるせぇ」

　ジビアが声で遮る。

　ん、と目を見開いたラフタニアの前で、彼女は苛立たし気に頭を掻いた。

「……いや、マジでさっきから何言ってんだ？　アンタが言っていること、一ミリも分からん。会話、苦手か？」

「いや、だからこのままだと海賊船は――」

「決めつけんな」

「はぁ？」

「アタシらはまだ諦めてねぇよ」

　ジビアの言葉に続くようにモニカとリリィもまた「分かる。勝手に話を進めないでよ」

「まったくです。リリィちゃんたちが、この程度でビビるとでも？」と同意する。

　理解が追いつかないのか、瞬きするラフタニア。

　その少女の肩をジビアが叩いた。

「ラフタニアさん、アンタの事情は知らねぇよ。正直、話の半分も分からねぇ」

力強く言ってのける。

「けどな、見せてやる。この世界にはな、奇跡ってもんがあるんだぜ？」

動き出した少女たちは早かった。

彼女たちには、せっかく見つけた海賊船を海の底に沈める選択肢などない。また海賊船と共に死のうとする少女の行為を認めるはずもない。

——海軍基地の砲撃を止めなくてはならない。

もう余裕はない。リリィが提案する奇策に、モニカが「本気？」と呆れ、ジビアが「けど他にねぇ。この窮地をひっくり返そうぜ」と笑いかける。

そして、少女たちは散り散りになった。必要なアイテムをかき集める。

真っ先に駆け出したジビアが、大砲のそばに置かれたウェディングブーケを「良いの、見つけた」と手に取った。ラフタニアが未練がましく、ここまで持ってきたらしい。

甲板に再集合した時には、たくさんのアイテムが並んでいた。

——初日にエルナが釣り上げた、長靴。

——ティアの部屋から盗み、さすがに売らなかった下着。

——ここまでしっかり追跡している、サラのペット。鷹のバーナード。

――グレーテから励ましてくれた礼としてもらった、白布。

――クラウスがラフタニアに突き返した、巨大なウェディングブーケ。

――そして、三人が協力して手に入れた発電機と照明。

言うまでもなく、このバカンス中に集まっていた品だった。

「な、何をやる気じゃ？」

とりあえず甲板にやってきたラフタニアは目を白黒させている。

リリィがにやりと笑って「海賊船を守るには、船長を呼び起こすしかないでしょう」と口にした。

それは、奇策中の奇策だった。

しかし本人たちは本気である。ジビアが「時間がねぇ。イチかバチか……！」と盛り上げ、モニカが苦笑しながら「こんなふざけたアイデアしかないのが悔しいけれど……！」と唇を噛み、リリィが「この島で集めてきた思い出を信じましょう！」と吠(ほ)える。

三人はかき集めたアイテムを囲んで、叫んだ。

「「「降臨せよっ！　大海賊ジャッカルっ‼」」」

——同時刻、海軍基地近辺の居住区にて。

基地周辺に暮らしている島民は、突然の震動に襲われ、パニックとなっていた。

海軍基地で爆発事故でもあったのではないか、と勘違いした彼らはすぐさま建物から出て、轟音が聞こえてきた海の方へ視線を向ける。

そして目撃する。霧の海にぼんやりと浮いている、海賊船のシルエットを。

「な、なんじゃあれは…………っ⁉」

「そ、双眼鏡を持ってこい！　ほ、本物なのか……！」

島民たちは人を呼び、みな、海岸へ集まっていった。

——また同時刻、海軍基地。

基地では、謎の敵船を砲撃する準備が進められていた。

海賊船を目撃したグラニエ中将は、最初こそ狼狽えたが、すぐに総司令室内の少女たちを追い出し、無線を用いて部下へ冷静な判断を下した。

つまり――長年追い求めていた海賊船が、突如目の前に現れるはずがない、と。

それは常識的な判断だった。テロリストか、どこか頭がおかしい国の軍隊の仕業と捉えるしかない。奇抜な見た目でこちらを困惑させている隙に、海軍基地を襲う気だと。

既に砲弾を撃ち込まれている。

静観し、部下を殺されるわけにはいかない。

砲撃命令を下さねば、と口を開いた時、突如海賊船に変化が見られた。

「司令官、船首の方に人影がありますっ……！」

海賊船から強い光が放たれた。そして、その強い光は船首に立っている人間に向けられ、霧がスクリーンのように大きな影を映し出している。

グラニエ中将は双眼鏡を構え、船首に立つ者に向けた。

逆光のせいで姿は見えないが、口元が動いているようだ。

「何か言っているぞっ！　読唇術の心得がある者は記録しろっ‼」

グラニエ中将は怒鳴り散らす。

しかし総指令室にやってきた部下は、皆、愕然とするばかりだった。

「い、いや、しかしあの人影……まさか――っ‼」

彼らは身を震わせながら、海賊船の船首に立つ人物を見つめる。

海賊船の船首に立つのは、一人の海賊。

大海賊ジャッカルと全く同じ装いを纏った、目つきの悪い、白髪の少女。

「我こそは大海賊ジャッカルの後継者、大海賊ジビアーンっ‼」

船首に勇ましく仁王立ちするジビアは、海軍基地に向かって高々と宣言する。

「この島を侵そうとする腐れ海軍どもに警告だっ！　これ以上我々の島を侵そうとし、そしてっ、この船を破壊しようとすれば、何千倍もの呪いで報復してやろうぞ！」

この時、確かに奇跡は起こっていた。

勇ましいジビアの姿は、まさに伝説の大海賊ジャッカルを想起させたのである。

幾千の海賊を切り刻んだ曲刀『ベルムーン』は、ウェディングブーケ。逆らう部下に容赦なく突き立てた鉤爪は、長靴。死人の目玉を好物とする残忍なオウムは、大きな鷹。見る者全てを震え上がらせた三角帽は、ティアのブラジャーとショーツで再現。血で真っ赤に染まったというマントは、グレーテからもらった白布をワインで染めて再現。

彼が船首に立った瞬間、天から光が射したという伝説も発電機と照明で演出。おまけに逆光により、本物との微細な違いを消すことにも成功していた。

バカンスで集まったアイテムが、ぴったり海賊伝説に当てはまったのである。

そんな偶然の集大成――大海賊ジビアーン。

果たして、海軍基地の砲台は動きを止めた。

「は…………………………………………………………」

「「止まったあああああああああああっ‼」」

更なる奇跡が起きた。

そう、グラニエ中将は砲撃の命令を中断したのである。不格好ながらも伝説を再現する変人の出現はさすがに理解を超えていた。本当に沈ませてよいのか、躊躇う程に。

呆気に取られるラフタニアと、叫ぶモニカ、リリィ、ジビア。

海軍基地内の反応までは知らないが、ジビアたちはガッツポーズをする。

「やっぱ、ビビッたか？」

「いや、意味不明すぎて混乱しているだけでしょ」

「なにはともあれ、砲撃が止まったなら、我々の大勝利です！」

このまま海賊船は海流に流されて、海軍基地すぐ横の沿岸に漂着するだろう。やがて海軍により保護されるはずだ。守り切ることに成功した。

後は自分たちの痕跡が残らぬようにして、去るだけだ。

いまだ信じられないように固まっているラフタニアの肩を、ジビアが叩く。

「さ、面倒なことになる前に帰ろうぜ」

もう彼女に拒む意志はない。小さく頷き、ジビアに腕を引かれて海賊船から脱出する。

エピローグ　十三日目（後編）

少女たち全員が語り終わった。

――島民ラフタニアと過ごしたグレーテ・エルナの話。

――海軍基地に潜入し、連続不審死事件の謎を追ったティア・サラの話。

――海賊船を見つけ出し、銃弾探しに奔走したリリィ・ジビア・モニカの話。

それぞれが全く異なるバカンスを過ごしたようだ。

グレーテが語る島民の話を聞き終えると、

「おぉ。グレーテちゃんとラフタニアさんと先生で、そんな三角関係が……っ！」

とリリィが感心するような反応を見せた。

ティアが語る海軍の話を聞き終えると、

「ラ、ラフタニアさんにそんな一面があったなんて……！」

とグレーテが愕然としたように息を漏らした。

リリィが語る海賊の話を聞き終えると、

「本当になにやってんのよっ！　アナタたちっ！」

とティアが激怒した。

話が終わったあたりでティアは、リリィ、ジビア、モニカの三人を詰り始めた。

「私が怯えていた海賊の呪いの正体は、アナタたちの仕業ってことじゃない！　私の衣類を勝手に売ったのっ⁉　それよりも海賊船って一体どういうことよおおおおっ！」

リリィの肩を掴みながら狂乱する。

クラウスも同様の心地で眉間を抓っていた。

「……僕も驚いたよ。お前たちにそんな奇跡が起きていたとは」

優れた直感を有する彼ではあるが、前代未聞の事件まで予測できるはずもない。まさか彼女たちがあっさりと海賊船に到達していたなど思いもしなかった。

とにかく全ての情報が出揃った。

クラウスが議論の指揮を執り、続きを促した。

「とりあえずアネットの行動について整理しようか」

そう、そもそもの目的は十三日目に突如行方を晦ましたアネットの発見だ。
グレーテがノートをテーブル中央に置き、全員にメモを見せる。

【アネットの行動履歴
1日目　ビーチで遊ぶ
2日目　ラフタニアと結婚式準備？
3日目　ラフタニアと結婚式準備？
4日目　ラフタニアと結婚式準備？
5日目　ラフタニアと結婚式準備？
6日目　ラフタニアと結婚式準備？
7日目　ラフタニアと結婚式準備？
8日目　ティアとサラと海軍基地へ潜入。
9日目　リリィたちをストーキング？
10日目　海賊船発見。リリィたちをコキ使う。本人は温泉にも行っていた？
11日目　リリィたちをコキ使う。潮流の聞き込み調査？
12日目　アネット、海賊船を出航させる。

13日目　行方不明】

「…………とまぁ、振り返ると」

真っ先に発言したのはリリィだった。

「アネットちゃん、途中から、本当に結婚式に飽きていますよね」

少女たちの多くが頷いた。

グレーテの話から、十日目の時点でアネットが「飽きましたっ」と発言していたことからも明らかだ。あんなに張り切っていたのに、後半では全く興味を失っている。

「リリィ先輩たちに何か素材を集めさせていたんすよね」とサラ。

「うん、何か発明する気だと思う。大がかり、あるいは大量に作るのか」とモニカ。

そこでグレーテが何かを察したように首を傾げる。

「……ん。ですが、それを一体この島のどこで作るのでしょうか？　この島には、ロクな機材もないはず」

他の少女たちも、あぁ、と声を漏らした。

アネット専用の工作スペースがある、陽炎パレスとは違うのだ。この島の主産業は、観光業と漁業。町工場のようなものは極めて少ない。

いくら素材を集めても、それを加工できる場所がなければ工作のしようがない。

ティアがハッとしたように息を呑む。

「いえ、一つだけあるわ。私とサラが辿り着いた場所よ」

クラウスも頷いた。

八日目、アネットもその場所に向かっている。

「答えが見つかったようだな」

クラウスは結論を導き出し、少女たちにすぐ発つよう命じた。

「海軍基地だ」

――海軍基地までの移動中。
モニカがふと思い出したように尋ねる。
「ねぇ、グレーテ。例の海賊船騒動って今どうなっているの？」
「……島民にバッチリ目撃されて、かなりの騒ぎになっていますよ。『大海賊ジビアーン』伝説として噂が広まっています……」

「大問題になっているじゃねぇか！」思わず叫ぶジビア。

「「「声が大きい、ジビアーン」」」

「その名で呼ぶんじゃねぇっ‼」

仲間からいじられるジビアの怒号の後、サラとティアが頷いた。

「海軍でもかなりの大騒ぎだったっすよ」

「正体不明の海賊船が突如出てきたのだから当然よね。結局、海賊船は海軍が保護して、調査しているようだけれど」

ちなみに海賊船出現当時、海軍基地で中将と密会していた二人は、その後忙しくなった基地から逃げるように帰ったらしい。夜ティアは「海賊ジャッカルの呪いよぉ」と呻いて、サラの膝枕の上で彼女に頭を撫でられながら眠りについたそうだ。

そこでティアは、何も情報を得ていないリリィ、モニカ、ジビアを見る。

「逆にアナタたちは、今日の昼まで何をしていたのよ？」

「「「疲れ果てて寝てた」」」

「………納得だわ」

海賊船からボートで脱出した少女たちは、ラフタニアと爆睡したらしかった。

ちなみにラフタニアは起床後『結婚式中止』の旨を周囲に広めに回ったという。

海軍基地内へは問題なく入ることができた。

受付にクラウスが顔を見せるだけで、夜間だろうと直ちにグラニエ中将へ連絡が届くようになっている。ティアの予想通り、クラウスは頻繁に基地を出入りしていた。

通された総指令室で、もてなされているアネットの姿を発見した。

「アネット、ここで何をしているんだ？」

「むっ、クラウスの兄貴たちっ」

アネットは大きなソファに腰を下ろし、大量のお菓子と共に接待されている。

彼女の正面には、グラニエ中将の姿もあった。

「俺様、交渉中ですっ。邪魔しないでくださいっ！」

「……あぁ、キミの部下が突如乗り込んできてな」

アネットは無断で基地に乗り込み、一対一でグラニエ中将を相手取っていたらしい。

訝(いぶか)しんでいると、グラニエ中将が明かしてくれた。

「──『海賊の財宝の在処を教える代わりに、裏研究所を自由に使わせろ』と」

リリィ、ジビア、モニカが「あ……！」と声を漏らした。

すっかり存在を忘れていたらしい。彼女たちの話では、財宝は既に船から降ろされ、いまだ洞窟内に放置されているはずだ。

クラウスは、アネットの隣に腰を下ろし、グラニエ中将を見据える。

「………どう答える気だ？」

「もちろん受け入れるとも」

力強い返事だった。

「あの海賊船とこの財宝の一部を見れば、彼女の話が真実なのは明らかだ。島民に見つかる前に我々が回収しなくてはならない」

テーブルには、大粒のダイヤで彩られた指輪が転がっていた。アネットが研磨したであろう宝石は、眩いばかりの輝きを宿している。

どこか陶酔するような声音でグラニエ中将は口にした。

「これで悲願が叶う。ライラット王国の権力構造を覆すクーデターが成る……っ！」

「………………」

クラウスは彼の願いを既に聞いている。

——圧倒的な格差社会を成す、ライラット王国政府を転覆させる。

隣国であるディン共和国としては、ライラット王国内のクーデターは無関係ではいられない。スパイとして様々な思惑はある。

しかし一個人としては、彼の願いに共感はできる。

ライラット王国の民が苦しみ喘ぐ声は、クラウスの耳にも届いている。

「僕も支援するさ」と上辺の励ましを伝えつつ「ただ」と声を低くして伝えた。

「……これはスパイとしてではなく、ただの観光客としての願いだ」

「ん？」

「これ以上、島民の生活を脅かすのはやめろ」

グラニエ中将が年々、海軍基地の拡張を進めていることは知っていた。彼のお気に入りであった研究者の凶行も知っている。

「この美しい自然と共に生きる島民の生活を尊重してやれ。今のアナタは、アナタが憎むライラット王国の貴族どもそのものじゃないか」

「————っ」

グラニエ中将は一瞬虚を衝かれたように息を呑み、大きく息を吐いた。

「………無論だ。ジャッカルの財宝が手に入る以上、島を荒らす気はない」

「そうか」

「むしろ償いを始めねばならんようだ。分かっているさ」

グラニエ中将は窓の外に視線を投げた。

「財宝はいただくが、あの海賊船は島の観光資源として活用しようじゃないか。換金するには、手間がかかりそうだからな」

グラニエ中将の言葉に嘘(うそ)らしい嘘は感じられない。

強い野心のせいで、時に人として誤った選択もするが、基本は正義心の強い男である。『焔(ほむら)』時代も何度かやり取りをし、苦しむ民のために行動していた光景も見た。

クラウスは頷(うなず)いた。

「加えて、例のメルシェ少尉を殺した島民は見逃した方が良い。拘束しようとすれば、連続不審死事件の真相も露呈しかねない。彼が殺されたのは自業自得だ」

「……そうだな、善処しよう」

これでクラウスとしての交渉は終わった。

アネットも「俺様は研究所を使えれば、なんでもいいですっ」とご機嫌だ。

立ち去ろうとしたが、一部の少女はまだ何か言いたげな表情をしている。そわそわして肩を忙しなく動かしている。

「こ、これは小耳に挟んだ話なんですけど」

筆頭であるリリィが前に出た。

「海賊船の甲板には、大きな穴が空いているんですよね？」

「ん？　一体どこでそれを」グラニエ中将が首を傾げる。

「多分、それは元々空いていた穴です。断じて、誰かが壊した跡ではありませんから」

「はぁ…………」

自分たちの保険らしかった。

グラニエ中将は納得いかない表情で息をつき「とにかく調査はこれからだ」と呟く。

「……なにせ、あの海賊船は謎が多い。なぜ、流されてきた海賊船から大砲が飛んできたのか。それに、あの海賊ジビアーンを名乗った影は一体……」

「海賊の幽霊だろう。案外呪いというものはあるのかも分からん」

余計な追及をされる前にクラウスはそう誤魔化すことにした。

海軍基地からアネットを回収し、元いたビーチまで戻っていく。ジビアは「二度と逃げないよう縛っておく」とアネットをロープでぐるぐる巻きにし、連行していった。

再び砂浜に辿り着いたところでリリィが口にする。

「ところで先生は――グラニエ中将のクーデターを支援しているんですか？」

海軍基地で話した一件だろう。

クーデターの野望を告げた彼に対し、クラウスは協力する旨（むね）を伝えた。意外に感じた少女たちもいたようだ。

「いいんです？　本来ライラット王国とディン共和国は、友好的な関係ですよね」

「あぁ。あの国がなければ、共和国は今もガルガド帝国の占領下にあったかもしれない。戦後もガルガド帝国からの脅威に対抗するため、協力関係にある」

少なくとも建前上はそうなのだ。

ディン共和国を侵略したガルガド帝国陸軍を追い払えたのは、ムザイア合衆国からの物資支援、そしてフェンド連邦とライラット王国の軍隊、そしてディン共和国の諜報（ちょうほう）機関『焔』の暗躍によるものだ。戦後は諜報機関同士で同盟関係を結んでいる。

「ただ――《暁闇計画（ノスタルジア・プロジェクト）》はライラット王国から始まった」

ディン共和国には秘密裏に進行されていた、世界規模の計画。

「詳細は不明だが、危うさを孕(はら)んでいるには違いないんだ」

まだ不明点は多い。

しかし『分からない』といって放置することはできない。クラウスにとって、なにより自身を急(せ)き立てる根拠がある。

「そうでなければ『焔』が壊滅などするはずがない」

ギードが『焔』を裏切り『蛇(へび)』についた。

──その動機が《暁闇計画》と関係があるとしたら？

この仮説が正しければ、ディン共和国にとって無関係ではいられないはずだ。『紅炉(こうろ)』のフェロニカも、『炬光(きょこう)』のギードも、クラウスに相談さえできなかった程の問題。

「タイムリミットは、世界同時経済不況が始まるまで。それまでにライラット王国中枢から、機密情報を摑(つか)まねばならない」

《ゲルデの遺産》に存在した、記述。

──『世界恐慌』と名付けるに相応しい金融危機が訪れ、第二次世界大戦が勃発する。

戦争の気運が高まれば、ライラット王国政府に対する干渉を控えなくてはならない。もしライラット王国のクーデターの最中に、ガルガド帝国が侵略戦争を始めれば、ディン共和国もまた戦火に晒されかねないからだ。

「先生の口から明かしてください」

リリィが唇をキツく結び、一歩前に出る。

「わたしたち『灯』は、これからどんな任務をこなすんですか？」

「……既に察している者もいるようだな」

クラウスは頷くと、グレーテから先ほど使用したノートを手に取り、少女たちに開いてみせた。そこには全員分のバカンスの行動がメモされている。

ある意味でこのノートこそが、クラウスの目的だった。

「離れ離れになることで、世界を多面的に観察できる。全員集まっては見えないことも観測できる。このバカンスを経験して、そう感じることはできないか？」

バカンスの最中に確かめられた。

全員が散らばることで、短期間でたくさん情報をかき集められる。ラフタニアの事情、海軍基地の陰謀、そして海賊伝説。それはクラウスの予想さえ超えていた。

「一年間――僕たち『灯』は離散する」

少女たちの瞳は揺るがなかった。既に覚悟はしていたようだ。

クラウスは言葉を続ける。

「数人単位で僕が命じる任務地に向かってもらう。各地で情報を摑み、工作を仕掛け、任務を果たし――そして《暁闇計画》の全貌を摑む」

これまでのような集団生活を送れなくなる。再集合は早くても一年以上は先。

――孤独に晒されながら、異国の地で周囲を欺き続ける。

それが『灯』の少女たちが次に待ち受けるミッションだった。

リリィが小さく舌を出す。

「……まぁ、世界の変革だのといったスケールについていけるか、と言えば微妙ですが」

「おい」

「ただ――今のわたしたちには、背負うものがあるので」

言わんとしている存在は察しがついた。

今の『灯』は、結成当初には存在しなかった責任を背負っている。

「……『鳳』か」

フェンド連邦の地で、一名を除き全滅してしまったエリートたち。彼らの犠牲がなければ『灯』は『蛇』に飲み込まれ、壊滅していたかもしれない。

――『灯』と『鳳』の両軸でこの国を守る。

『鳳』のボス、『飛禽』のヴィンドが口にした約束は、まだ続いている。リリィだけではない。他の少女たちもまた表情に決意を宿していた。

「わたしたちは、先生との教室で鍛え上げられ、エリートとの教室で磨かれた。そして、次なる授業ってことですね」

リリィは強く口にする。

「課外授業です――わたしたちは教室を離れ、世界に羽ばたいてみせますよ！」

本来ならばクラウスの言葉だったが、リリィが全部語ってくれた。

それもまた『灯』のリーダーである彼女の成長かもしれない。

「――極上だ」

クラウスが敬意を込めて頷くと、リリィが「そうと決まればっ！」と仲間の方を見て、ぐわっと拳を突き上げた。

「今はただ皆で騒ぎましょうっ！　バカンス最終夜ですよおおおおおおっ！」

しんみりとなった空気を吹き飛ばすような、楽し気な声を上げる。

他の少女たちも同じように拳をあげ、残りの時間を惜しむようなバカンス最後の晩餐が始まった。

料理は初日同様、海鮮バーベキューだった。

ビーチに置かれたのは、発電機と大きな照明。「……この発電機、海軍基地からパクッたものでしょ?」とティアが指摘し、ジビアが「後で返すから!」と言い訳する。

照明の横には、炭の熱せられたバーベキュー台を挟むようにして、テーブルと椅子が置かれている。あとは食材を焼くだけという段階で、リリィが一度ビーチから離れ、大きな籠を背負って、一人、新たな人物と共に戻ってきた。

「特別ゲストとして、ラフタニアさんを連れてきましたあああぁっ!」

「大量の食材をもってきたぞぉっ! 儂(わし)の奢(おご)りじゃあ!」

ラフタニアだった。

食材と飲み物が大量に載せられた台車を引いて、彼女は真っ白な歯を見せる。憑(つ)き物が落ちたような気持ちのいい笑顔を振りまき、豪快にバーベキューの網へ、海産物をぶちまけた。香ばしい匂いが生まれ、少女たちは更なる歓声をあげる。

この晩餐の中で、クラウスは三人の少女と親密に会話を交わした。

そのどれもがバカンスで忘れられない会話となった。

一人はラフタニアだ。クラウスが喧騒の中心から離れていると、ふと歩み寄ってきた。

「………う、クラウス様」

「なんだ？」

「やっぱりダメか？　儂との結婚……何番目かの妻でもいいんじゃが……」

「断る。お前がグレーテたちに人肉入りハンバーグを食べさせようとしたことも、グレーテに殺人の凶器を押し付けたことも全て知っている」

「クラウス様の分にはもちろん人肉は入れていなかったのに……！」

「それで僕の分だけ豪華だったのか……だとしても許されることではないがな」

「うぅ。反省する。後でしっかり謝っておく」

「そうだな。そして、それ以外は伝えた通りだ。中将と直接話をつけた。お前の罪は露呈しないし、基地拡大もやめるだろう。海賊船は島の観光資源となる。お前のところのペンションも忙しくなる。この未来溢れる島から出て行く理由もないだろう」

「……ん、そうじゃな。うん。やっぱりクラウス様は、儂のヒーローじゃ！」

「さぁ、どうだかな」

「ジビアたちにも礼を伝えさせてくれ。自暴自棄になって、闇の中にいた儂を引っ張り上げてくれたのは彼女たちじゃ。良い教え子を持ったな」

「あぁ、僕の誇りだ」

「いつか、またみんなで来てくれ。その時もまた儂がもてなしちゃる」

「……いや、仮に島を訪れても、お前のペンションには泊まらないが？　面倒だからな」

「………………………………なんじゃとっ⁉」

当然の対応を告げたところ、ラフタニアが泣き出し「今度こそ婚約してくれるまで離さんぞぉ！」と足にしがみついてきたので、ジビアに頼んで連行してもらう。鬱陶しい。

追い払って一息ついていると、グレーテが近づいてきた。

「……やはりラフタニアさんとボスは仲がよろしいのでしょうか？」

「どう誤解したら、そんな結論になる？」

「冗談です……」

くすりと笑い、彼女はクラウスの隣に腰を下ろした。

クラウスは頷く。彼女もまた向き合わなければならない相手の一人だった。

「……………なぁ、グレーテ」

「はい」

「海賊船はあったな。幻などではなく」

「…………っ、そうですね」

「お前の言う通りだと思ったよ。人生とは予想できない。世界のことも、そして、僕自身のことも。全て把握できているなど考えるのは思い上がりなのだろう」

「そうですね……」

「一年、考えさせてくれないか」

「え…………」

「長い時間を空けてすまないな。だが、どのみち会えないんだ。ゆっくり自身の心と向き合いたい。一年後に再会した時、改めて僕の気持ちを伝えさせてくれないか？」

「………………はいっ、よろしくお願いします……！」

グレーテは焦ったように息を呑み、何度も強く首を縦に振った。

顔を真っ赤にさせたグレーテが離れていったところで、アネットが砂浜に寝転がっているのが見えた。

服や髪が砂で汚れることも厭わず、夜空を見上げている。お腹いっぱいになったのか、心地よさそうに腹を撫でていた。

彼女に歩み寄って「アネット」と声をかける。

「どうかしましたかっ、兄貴！」

ガバッと身体を起こして笑いかけてくる彼女に、クラウスは口にする。

「――お前にとっての、バカンスの思い出を聞かせてくれないか？」

これでようやく最後の物語となるはずだ。

島民、海軍、海賊、全ての話を見届けた者だけが辿り着ける、アネットの話。

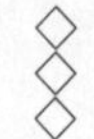

ビーチを歩きながら会話をすることになった。そちらの方がアネットも喋りやすいだろう。波が砂浜を上ってはまた引いていく音を聞きながら、ゆっくり散歩をする。湿った砂浜に靴底が埋まる。沖からは冷たい風が流れてくる。

「なぜラフタニアのサポートをし続けた？」

真っ先にぶつけたのは、そんな問い。

アネットは一歩一歩の感触を味わうように、大股で歩いていた。

「俺様、ウェディングプランナーってやつに興味が――」

「それは下準備だろう。ラフタニアの心に取り入るための」

本気で結婚式に興味があったはずがない。

彼女はバカンス後半には飽きているし、そもそもラフタニアに肩入れする理由がない。

聞きたいのは、別の事だった。


「お前が、ラフタニアの殺人を裏で画策した理由はなんだ？」


バカンス四日目の深夜、島民ラフタニアが及んだ凶行。

これには、どう考えても協力者が必要だ。ラフタニアはただの少女。彼女だけでは母を殺した存在に辿り着けず、開発された凶器を奪って殺すなど実現できるはずがない。

最も怪しいのは、やはり二日目から四日目まで一緒に居続け、ラフタニアから『アネット様』と慕われるほど敬愛されていた彼女だ。

「あのメルシェ少尉って男は」

アネットは楽し気に笑ってみせる。

「俺様と近しい存在です。俺様には、殺人鬼だってすぐに分かりましたっ。次に殺す奴の品定めをしに、バカンス初日、あのビーチに来ていたんです」

理屈は不明だが、アネットには分かるのだろう。少女たちに危機が迫っていたのが。

しかし、まだ納得はできない。

「だったら僕に伝えてくれればよかった」

そうすれば、すぐに対応した。

最初からクラウスが動いていれば、彼の悪行はすぐに詳らかにできたはずだ。

「それどころか、お前はかなり手間をかけた。わざわざ結婚式の手伝いを申し出てラフタニアの信頼を勝ち取り、復讐を煽った。こんな手間をかけた理由はなんだ？」

「…………………………」

アネットは足を止め、振り返る。

もう騒ぐ少女たちからは遠く離れてしまっている。アネットの瞳は、肩を組んで無意味に踊っている仲間の姿を捉えている。

「俺様、限界を知ったんですっ。モニカの姉貴に勝てなくて」

裏切ったモニカに半殺しにされた経験か。

その直後、アネットの精神は大いに乱れた。目を覚ましたあとも病院を抜け出し、モニカを殺しに向かおうとしたくらいだ。

彼女は、人生で初めて大きな壁にぶつかった。

「サラの姉貴に諭されて、俺様は次の道を探しました。俺様はもう自ら殺すことを諦める。つまり──俺様以外の誰かに人を殺してもらう」

それは、彼女が見つけ出した回答。

成長と呼ぶには歪すぎる。限界を知った少女がそれでも願望を叶える次の手段。

「俺様、だから実験をしたんです。ラフタニアの姉貴のことを調べたら、殺人鬼を恨む理由があったので、適当に言葉を並べて、殺人を実行させました」

「…………」

「結果は、大成功です。ちょっとサポートしたら、しっかり殺してくれましたっ」

「……………………」

「そして──俺様は、まったく心が痛みませんでした」

そうだろう、と頷いてしまう。アネットが今更、この程度で動揺するはずもない。

ただ、意外に感じる。

アネットの声には、微かな不安のような感情も紛れていたのだ。

「…………兄貴は、俺様をどう思いますか？」

「ん？」

アネットはクラウスの方に顔を向ける。

「海軍基地で開発されていた凶器は、殺人鬼だって自由に使えて、島民を殺していきました。俺様がこれから進むのは、そういう道ですっ」

島で起きてしまった、連続不審死事件。

それはメルシェ少尉が裏研究所で作り上げた発明品によって行われた。使用したのはメルシェ少尉自身だが、アネットの言わんとしていることは分かる。

凶器を作ることは——世界に悪意を撒くことだ。

彼女が進もうとしているのは、彼女の悪意を拡散させる道。

「どんどん悪くなる俺様を、兄貴はそれでも好きでいてくれますか？」

微かに震えた声に、クラウスは呻き声を漏らしていた。

これまでのアネットにはなかったはずの感情が見え隠れしていたからだ。

——不安。心配。危惧。憂慮。怯え。

思い出したのは、彼女が経験した喪失。路上で出会った黒猫を保護しようとして、失敗してしまったこと。思えばあの悲劇もまた『堕落論』という組織が、ギャングたちに拳銃を売りさばいたことで生まれたもの。

――敗北や喪失がもたらした痛みは、彼女に恐れの感情をもたらしたか。

彼女らしくないと言ってしまえば、それまでの話。しかし、その変化を察すると、自然と大きく頷いていた。

「本当は」

穏やかに口にする。

「ラフタニアには、あのまま死んでもらう計画だったんだろう？」

「はい、もう不要だったので」

悪びれることなくアネットは回答する。

――ラフタニアは海賊船と共に海に沈み、アネットの関与が露呈しなくなる。

それがバカンス途中、アネットが描いた筋書きのはずだ。

温泉で硫黄を採取し、黒色火薬を生成。海流の調査。海賊船からリリィたちを遠ざけ、海賊船を出航させるカラクリ。そして少女一人で大砲を撃てるよう、細工を施した。

リリィいわく、初めて海賊船を目の当たりにしたラフタニアは『あの話は本当だったのか』と口にしたという。アネットから事前に教わっていたのだ。大砲の存在も。

「けれど、その計画は、リリィたちが壊した」

「これが答えだよ。お前がどれほど悪くなろうとも、僕たちがフォローする」

クラウスはアネットの背に触れた。

「変わることを恐れるな。この痛みに満ちた世界には、お前の変化が必要なんだ」

そう伝えた途端、アネットは嬉しそうに表情を緩ませ、抱き着いてくる。

「やっぱり大好きですっ、クラウスの兄貴っ！」

「分かったから離れろ。重たい」

「だから、俺様が与えてやりますっ。兄貴が率いる『灯』に、新しい力をっ！」

「…………っ」

彼女はクラウスの首から離れると、種を明かすように舌を出した。

「もう構想はあります。

――《失楽園》

――《悪戯娘》

――《夢幻劇》

――《万愚節》

――《天邪鬼》

――《付焼刃（つけやきば）》

――《高天原（たかまがはら）》

姉貴たちの特技を一段階飛躍させる、俺様の全力ですっ」

その力の名は知っていた。

フェンド連邦任務の最終局面、リリィが発動させて『白蜘蛛（しろぐも）』を圧倒したのだ。

――秘武器（ラストコード）。

アネットが『他人に人を殺させる』ために作る、彼女の悪意が宿った凶器。

彼女はあの海軍の裏研究所で、これらを完成させる気なのだろう。

願ってもないことだった。

クラウスはバカンス中、不安に苛（さいな）まれ続けていた。未熟さを残した少女たちから離れるという決断に、躊躇（ちゅうちょ）がないわけがない。教え子が命を失う恐怖に頭を悩ませていた。

アネットからの提案は、その心配に対する完全な回答だった。

「いつからだ？」思わず尋ねる。

「ん？」

「一体いつから、お前は『灯』に情を持ってくれたんだ？」

「オモチャですよ。俺様にとって、姉貴たちは」

アネットはくるりと反転し、いまだバーベキューで盛り上がっている少女たちの方を見た。火力の調整がうまくいかなくて、猛る炎を慄き、ぎゃーぎゃーと騒いでいる。

それを見つめる彼女の右目は煌めき、口から「ただ」と言葉が漏れる。

「俺様のとびっきりお気に入りのオモチャで──《我楽多》ですっ」

クラウスは胸に込み上げる、感情に言葉を失う。

アネットはもっとも手を焼かされた少女である。言動は全て突飛で、予測がつかない。問題行動の多さで言えば、間違いなく『灯』ナンバーワン。

そんな少女が今、『灯』のために最高の贈り物を授けようとしてくれている。

（……これが教育の喜びというやつかもしれないな）

彼女たちと出会うまで味わえなかった感情に、確信を得る。

──きっと『灯』は困難を乗り越えられる。たとえ離れ離れになったとしても。

NEXT MISSION

◆◆◆　双子の話Ⅰ　◆◆◆

ライラット王国首都ピルカで、ある貴族が一世一代の大勝負に出ていた。

侯爵の地位にある男は、祖父の代から続く香辛料ビジネスに携わっていた。

ライラット王国が遠東の国を植民地とした当時、彼の祖父は多額の賄賂を用いて、広大な胡椒(こしょう)農場の経営権を獲得した。現地の人間を小銃で脅し、過酷な労働を強いた結果、大きな財を築き上げたのだが、世界大戦以降、引き継いだワトー侯爵の代になってから経営が傾き始めた。現地民がストライキを始めたのである。現地にいる長男に『発砲してでも脅せ』と命じたが、長男は住民からの復讐に怯え、騒動を鎮圧できない。

ワトー侯爵にとって胡椒農場は貴重な収入源だった。貴族の伝統的な収入源は借地農からの地代だが、近年は海外から多くの穀物が輸入され、自国の農家自体が減っている。多くの貴族が没落を恐れ、金策に苦慮していた。

既にストライキ運動を収めるには、他の貴族や軍人の手を借りねばならない事態となっている。動かすには多額の金がいる。だがワトーの財産はここ数年で激減していた。

大金を得るため、ワトー侯爵は、悪名高いリュシドール家が胴元の裏カジノにいた。

(大丈夫。これは、絶対に安全なはずなんだ……っ)

首都中央に建つビルの中に、そのカジノはある。

一度座るだけで、一般国民の月収以上の額が飛び交う賭場だ。あるのはルーレットとバカラ。派手な音楽がかかるホールで男たちが血眼になって、チップを奪い合っている。

ルーレット台の前で、ワトーは両手を組んで祈りを捧げていた。

「侯爵、そろそろ控えた方がいいんじゃないですかね？」

「まさか、破産するわけにはいかないでしょう……？」

ワトーの周囲では多くの貴族たちが口元を歪め、彼の破滅を見守っている。リュシドール家と懇意とする者たちだ。

ルーレットは、ボールがゼロから三十六までのどのポケットに入るのかを当てるシンプルな遊戯。配当は賭け方によって異なる。色に賭けてもいいし、奇数か偶数かに賭けてもいい。特定の数字のみに賭けることも可能だ。もちろん確率が低いものほど配当は高い。

「うるさいっ！　このまま負けて帰れるかっ！」

ワトーは吠える。

彼が賭けていたのは、一から十二までの数字。当たる確率は、おおよそ三分の一。

しかし、ボールは無情にも二十三番ポケットに吸い込まれていく。

「あちゃー」「天に見放されましたね」

嘲笑を浴びせる観衆。

それも当然だ。ワトーは既に六度連続で高額を賭け、敗北している。彼が持つ資産の五分の一ほどが消えていたのだ。

苛立たしげに頭を抱えるワトー。額から汗を流し、顔を俯かせる。

苦悶の声を上げるワトーに、ギャラリーは愉快そうに煽り立てた。

しかし、賑やかしいホールの中央で、その実、彼は歓喜に打ち震えていた。

(間違いない……っ)

周囲のギャラリーには気取られないよう、焦った演技を続ける。

(あのディーラー、狙った場所にボールを入れられる……！)

ルーレット台では、金髪のディーラーが涼し気な顔で口笛を吹き、テーブルからワトーが置いたチップを回収している。

その横顔を見ながら、彼と瓜二つの青年から聞いた話を思い出す。

──大勝負より二日前、ある占い師から聞いたのだ。

その占い師は、友人から紹介された。相手を見た瞬間、家庭環境や苦悩、秘めたる野望まで言い当て、助言を与えてくれるという。従うと全てがうまく行き、資産を数倍に増やした者もいるし、生き別れの親友と再会できたという者もいる。

あまりに胡散臭い話だったが、一度屋敷に招くと、占い師はワトーを一目見るなりに『お金のことでお悩みのようですね』と言い当ててきた。思わず『その程度誰でも当てられる』と強がったが、青年は正確に『奥方にも言えないでいる？』と図星をついてきた。

『アナタにずっと会いたかった──ぼくらと手を組みませんか？』

一通りの会話のあと、唐突に占い師が持ちかけてきた。

『リュシドール家が運営する、裏カジノ。あそこは、ぼくの兄さんがディーラーとして働いています。事前に潜り込んでいるんです』

唖然とするワトーに、彼は囁くように口にする。

『リュシドール家の蛮行は知っているでしょう？　許すわけにはいかない』

当然ワトーは知っている。

リュシドール家が手を染めているのは、裏賭博だけではない。奴隷売買。植民地から美女や美少女を誘拐し、他の貴族に売りつけている悪魔のような連中だ。マフィアとも手を組み、貴族としての表社会だけでなく裏社会でも暗躍している。

『儲けた金は、アナタの懐に入れればいい。ぼくらの目的は、リュシドール家に罰を下すこと。アナタみたいに違和感なく、大金を賭けられる人物を探していました』

あまりに都合が良すぎる話だ。ワトーは『信じられない』と一蹴した。『第一、お前が嘘をついていたら、ワタシはただギャンブルで大損するだけだ』と。

青年は表情一つ変えないで口にした。

『ぼく自身が人質になります。監禁して、もしもの時は迷わず殺してください』

ワトーは占い師の兄だというディーラーを見て、改めて愕然とする。

事前に部下を向かわせ下調べしていたが、この目で見ても、まだ信じられない。

（これで十連続……）

事前に教えられたポケットへ、面白いようにボールは吸い込まれていく。

真っ先に考えるのは細工だが、これは有り得ない。

過去には、ルーレット台に磁石をつけていた裏カジノもあったが、すぐにバレた。他にもルーレット台の傾きなどがあったが、これも露呈した。

ルーレットは、ギャラリー誰もがボールを注視する遊戯だ。少しでもボールが不自然な軌道を取れば、目の肥えたギャンブラーはすぐに気づく。イカサマが困難なのだ。

誰もが天命に委ねる——ルーレットが『カジノの女王』と言われる所以。

『それでも兄さんなら狙った番号にピンポイントに入れられる。イカサマではなく、ただの技術です。多少入るエリアを狙える、ディーラーはいますがね。番号まで正確に狙えるのは、世界中探しても兄さんだけ。そして、これは胴元さえ知らない』

ディーラーはルーレット台を見ることなく、ホイールを回した。

これも胴元側のイカサマを阻止するための措置。

——しかし、もしピンを見ずともボールを見ずとも、狙った場所にボールを入れる神に等しいディーラーが存在するとしたら？

あのディーラーは、ルーレットの根幹さえ捻じ曲げる指先を持つ。

『最後、アナタは自暴自棄になった演技をして、有り金全てを賭ければいい』

ワトーは青年のアドバイスを思い出し、覚悟を据えた。

この占い師が裏切ることは有り得ない。なにせ彼はワトーの屋敷の地下室に閉じ込めている。見張りも置いた。彼の命は自分が握っているのだ。

「ぜ、全部だあああっ！　神よおおお、ワタシに力を与えたまえっ！」

持てる限りのチップを全ベットする。

ギャラリーはどっと歓声に沸いた。

「無様だねぇ」「とうとうヤキが回ったか」「可哀想に」

その反応は無理もない。

ワトーの賭けは、一点賭け。当たる確率は、三十七分の一。自殺行為に他ならない。もし外せば、ワトーの財産の半分は消し飛ぶ。

しかし勝てば、それこそ胴元のリュシドール家が仰天するほどの大金が手に入る。

（っ、馬鹿め。まんまとワタシの演技に騙されよって）

ワトーは、例の占い師の微笑みを思い出す。

拳を握りしめ、次第に回転が遅くなるルーレットを見つめる。

（この一世一代の大勝負。勝つのは――）

ワトーが賭けたポケットは三十一。それが事前に打ち合わせた番号。

しかし、ボールは非情にも――一番ポケットに吸い込まれていった。

「は？」

身体が凍り付く感覚。心臓を直接握られるような恐怖で、思考がフリーズする。観衆から冷ややかな嘲笑を浴びせられるが、内容は入ってこない。

何かの間違いではないか、とディーラーを見る。

彼の口元にあったのは、薄い笑み——まるで死を告げた、死神のような。

「ああああああああああああああああああああああああああああああっ‼」

慟哭と共にワトーは狂乱を繰り返す。壊れた機械のように「イカサマだあああぁ」と訴えたが、誰も聞き入れる者はなかった。

ワトー侯爵の醜態は話題となり、界隈で笑いの種となった。

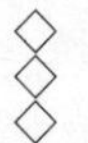

リュシドール家が管理する賭場の上階では、四人の男たちが手を叩いて笑っていた。

部屋の中央では、イザックという男がワイングラスを美味そうに傾けていた。

リュシドール家当主の次男。三十四歳の細身の男。

この裏カジノ『ヴィジャン』の責任者だ。刺激を求めている貴族たちに娯楽を届けることが生業だが、時折、邪魔な貴族を表舞台から消す役目も担っている。

彼は大仕事を成し遂げたばかりの、目の前のディーラーに賞賛の声をかける。

「いやいやぁ、見事なもんだ。これでワトー侯爵は終わりだねぇ。例の胡椒農場の経営権は、親父が買い取ることになるだろうよ」

「どーってことないっすわ。あのレベルのザコ」

ディーラーの青年は偉そうに脚を組み、イザック同様にワインを楽しんでいる。浮かれるイザックたちには付き合わず、ワインを水のように飲みまくっていた。

飄々として、摑みどころのない笑顔の青年だった。二十代後半であるらしいが、絹糸のように美しい金髪を真ん中で分けて大きく額を晒し、愛嬌のある顔をしている。笑う時はくっと口角があがり、まるで十代の少年のような朗らかな笑みになる。

外見だけでは、これが何人もの貴族を陥れた、死神のようなゲーム師とは思えない。

金髪の青年はイザックの目の前にあるチーズを遠慮なく摑み、口に放る。

「それよりイザック先生、報酬をそろそろ」

「あぁ、これで約束の五人目だな。持ってこい」

イザックと彼は協力関係にある。

敵対する貴族を陥れるために手を貸してもらっていた。彼の手腕は魔法のようだ。偶然を装い出会ったターゲットにカジノを紹介し、ギャンブルに嵌め、破滅へ導く。

五人の貴族を破滅へ導く仕事の対価として、彼が要求してきたのは情報だった。

イザックは部下に金庫から持ってこさせた書類を差し出す。

「二年前の反政府革命を陰ながら支援していた、裏社会の者のリストだ。これはまだ諜報機関『創世軍』も摑んでいない」

「ほぉー、これがねー」

青年は感心したようにリストを見つめる。

裏社会と近しいリュシドール家だから得られた情報だ。二年前、失敗に終わった革命運動の関係者。王国警察によって鎮圧されたが、裏では多くのマフィアたちも手を貸しており、一時期は軍隊も駆り出されるほどの騒ぎとなった。

「全く、こんなものをどう利用する気だ?」

イザックは愉快がるように喉を鳴らす。

「確かにこのリストを諜報組織に垂れ込むだけで、こいつらは一巻の終わりだ。脅迫のネタとしては十分、使えるが——」

そこで、イザックは気が付いた。

金髪の青年の翠色の瞳は、獲物を狩る獣のような獰猛な殺気が宿っている。

「まさか、お前………」

察した事実に息を呑(の)む。

この青年が成し遂げようとしているのは、ライラット王国の民衆が百年以上、望みながら果たせなかった夢だ。

「悪いことは言わねぇ。やめとけ」

声を低くして告げる。

「この国でそれは不可能なんだ。少しでも情報の漏洩(ろうえい)があれば『ニケ』に――」

「分かってる。これ以上目立つ動きはしない。口封じもしっかりするしな」

青年は資料を折り畳んで、自身の懐にしまい、へらっとした笑顔のまま宣言する。

「――ここでアンタらも鏖(みなごろし)だよ」

部屋にいたイザック含めた四人の男たちは、唖然とする。

青年の顔からは先ほどの陽気な笑みは消え、刺すような鋭い視線を向けてきた。

「なに、自分たちは安全圏にいる気でいやがる。アンタらも王族のお零(こぼ)れをもらって、美味(うま)い汁を啜(すす)りまくっている悪徳貴族じゃねぇか」

青年は「よっ」と軽快に立ち上がると、足を振って器用に靴を真上に飛ばした。靴底から拳銃が零れ、青年がキャッチする。ワインを飲んでいたはずだが、酔った様子はない。

イザックの顔が青ざめる。

「だ、誰かこいつを殺──」

「──通じねぇよ。オレの弟が動いてる」

青年は肩を竦める。

「アンタだって、身なりが汚ぇやつを見れば『貧乏人かな』と当てられるだろ？　それを常人の数百倍、数千倍の精度でできるっつーのが、オレの弟。警備員は買収済み」

イザックは告げられた言葉の意味が理解できなかった。

仮にそんな超能力じみた芸当ができるなら、買収工作などいくらでもできるはずだ。相手の弱みを握り、脅迫することなど容易い。

「オレたち兄弟に目を付けられたのが運の尽きさ」

金髪の青年は拳銃を構え、口角を持ち上げる。

「なぁ、教えてくれ。ところで──このお遊びには、いつまで付き合えばいい？」

かつてライラット王国でとある双子が暗躍していた。

――ゲーム師。『煤煙』のルーカス。

――占い師。『灼骨』のヴィレ。

『焔』の中核を担った、クラウスの兄貴分ともいえる双子は、生前この国で暴れていた。

裏カジノ『ヴィジャン』の胴元相手に、さんざんカッコつけてみせた『煤煙』のルーカスだったが、格闘センスは皆無なので、その後は大苦戦した。至近距離で放った銃弾は外し、その隙に混乱から抜け出したイザックたちと撃ち合いになる。互いに銃弾が尽き、最終的には、腕時計に仕込んだ毒針、袖に仕込んだワイヤー、靴に仕込んだボウガンなど事前に武器を用意しまくっていたルーカスが物量で辛勝する。

ルーカスは男たちにトドメを刺し「強敵だぜ。クラウスなら負けていたかもな」と頰についた血を拭い、手早く彼らのアジトを漁り、金目のものと『ついでのもの』を回収する。

血に濡れた服を着替え、何事もなかったように建物の外に出て、平和な休日の夜を迎えている街の喧騒に溶け込んでいく。

事前に決めていた路地に辿り着いたところで、弟のヴィレと合流した。

自身と瓜二つの弟は、涼し気な顔で手を振っている。

「兄さん、お疲れ」

「おっ。さすが、弟。ワトーの屋敷からあっさり脱出したか」

「もちろん。あの人、人望がなさすぎ。警備の人なら、素敵な恋人を紹介してあげたら、すんなり見逃してくれたよ。兄さんの方は大変そうだったね？」

「余裕、余裕。あんなやつら、オレの敵じゃねぇ」

「その割には、集合時間から大分遅れているけどね」

「……弟の厳しい意見に兄さんは泣くぜ」

ルーカスが肩を落としたところで、ヴィレは眉を顰めた。

ルーカスの後ろに立っている少女に気づいたらしい。薄いドレスを纏った少女。歳は十代前半くらいか。兄よりも色の薄い金髪を伸ばしている。ネグリジェのような肌が透けるほど薄い生地の服の上に、ルーカスのジャケットを羽織っている。

「なにその子？」

「アイツらに閉じ込められてた。商売道具なんじゃね？」

イザックのアジトで見つけてきた『ついでのもの』である。

服装からして、どこかに売られる予定の少女なのだろう。

「……え、連れて来たの？」

「放置できねぇだろ。あの場にいたら、どっかの貴族の慰み者になるだけだぜ？」

彼女の名はスージーというらしい。戸籍はないようだ。

「オレたちの使用人として雇うことに決めた」

「また勝手に……」

ヴィレは呆れたように息をつくが、強い反対はないようだ。彼女と目線を合わせるように腰をかがめる。

「……ごめんね、兄さんがバカで」

「言い方」

双子のやり取りに、スージーは「いえ、嬉しいです……」と小さく微笑んだ。どうやら彼女もまたルーカスの決定に異論はないようだった。

詳しく聞くと、かつて彼女は孤児院にいたらしい。整った容姿が災いして、孤児院の院長にイザックへ売り飛ばされたようだ。戸籍はその際に削除されたらしい。

彼女にとっても孤児院に戻るより、ルーカスに保護された方が良さそうだ。

「いいじゃねぇか。使えるものは何でも使わねぇと」

「今後は、表立って買い物するのも危うくなるかもしれねぇんだ。スージーに給料たっぷり渡して、やってもらおうぜ」

その言葉にスージーの肩がピクリと動いた。

ヴィレが彼女の反応を見て、お、と口元を綻ばせる。

とても聡い女の子らしい。ルーカスの言動を見て、すぐに双子たちが何に手を染めようとしているのか、見当がついたようだ。

「…………やめた方が良いよ」

震える声でスージーが口を開いた。

ルーカスの袖を苦しそうに掴み、訴えかけるように叫んだ。

「『ニケ』に殺される……！　皆、知っている。悪いことをすれば『ニケ』が来る。王様には逆らっちゃいけないんだ……！」

学校に通えない子どもでさえ知っている恐怖の対象――『ニケ』。

絶対的な権力者ライラット王国の国王が従わせる、最強の諜報機関『創世軍』の絶対的頂点。警察、軍部、裁判所さえ掌握する、スパイという域を超えた女。

「『ニケ』はどんな噂話でも聞いている。悪口を言えば、すぐに殺しに来る……！」

スージーは怯(おび)えるように周囲を見渡して、囁(ささや)いた。

当然、ルーカスたちも知っている。

世界大戦時、『焔』として彼女とは手を組んだこともある。『紅炉(こうろ)』とはまた別の意味で、人の域を超えたスパイだった。

ルーカスは薄く笑みを浮かべた。

「知るかよ。あいにくオレは負けたことがねぇんだ。千戦無敗のゲーム師様だぜ？」

「嘘(うそ)だけどね。よくギャンブルで負けてるもん」

「覚えとけ。オレたちの使用人として、一つの真実を伝える」

ヴィレの指摘を無視し、ルーカスはスージーの肩を叩(たた)いた。

「どんな敵だろうと関係ねぇんだ——**最後に勝つのは、兄弟(オレたち)だ**」

ルーカスは力強い笑みを見せ、舌を鳴らした。

彼の脳裏には、『炮烙(ほうらく)』のゲルデから教わった言葉があった。

『焔』の拠点である陽炎(かげろう)パレスにて、ルーカスはある疑問に行き当たっていた。

世界大戦が起きてから九年が経った頃、クラウスが特別任務を言い渡され、しばらく『焔』を離れることになった。それ自体はよくあることだし、さしたる疑問はなかったが、その任務を持ち込んできたギードの態度に、不穏なものを感じ取った。

ゆえに談話室で寛いでいる『焔』の最古参――『炮烙』のゲルデを訪ねる。

タンクトップとジーンズというラフな格好で、ビールを喉に流し込んでいる老女。鍛え抜かれた二の腕を晒し、心地よさそうにラジオを聞いている。

彼女は部屋に入ってきたルーカスを見ると、酒瓶を持ち上げた。

「なんだい、ルーカス？　とうとうアンタも、アタシの訓練を受ける気になったかい？」

「冗談はよしてくれ、ゲル婆。死刑宣告にしか聞こえねぇ」

ルーカスは苦笑で受け流して、なぁ、と尋ねる。

「ここ最近、ボスとギードさん、様子おかしくない？」

告げた瞬間、ゲルデは酒瓶をテーブルに置いた。

「おい、ルーカス。アンタはどこまで……」

「オレと弟の勘」

同様の違和感は、当然ヴィレも見抜いていた。

むしろ、この手の洞察力はヴィレの方がずば抜けている。

「弟も心配しているぜ。『かなり危ないものを抱えている』ってな。オレの弟がガチで不安になんならタダ事じゃねぇ。以前、妙な噂も小耳に挟んだしなぁ」

ルーカスはその単語を口にした。

「──《暁闇計画》」

ゲルデの眉が動いた。酔っている時の彼女は表情に出やすい。

「……へぇ。どこで聞いたんだい？」

「ギードさんと任務中、軍人っぽい女から全財産巻き上げた時」

任務の詳細は知らされていない。

とある中立国でギードに命令されるがままに、一人の女をマークするよう命じられた。

ルーカスはただの尾行に飽き、女を賭場に誘い、嵌めた。執拗に煽って精神を攻撃し続け、余裕を削っていると彼女が呟いたのだ。

──『っ、「白蜘蛛」殿に期待された、「銀蟬」としてあまりに不甲斐ない……！』

──『《暁闇計画》を止める精鋭が、まさかこんな一般人相手に』

女は誰にも呟きが届かないと思ったのだろう。

だが、ルーカスは読唇術(どくしんじゅつ)を習得している。ほんの微か唇が動けば内容は読める。『銀蟬』とやらはあまりに油断していた。無論、精神が乱れるほどルーカスが甚振(いたぶ)った故だが。

その後、ギードが彼女たちをどうしたのかは聞いていない。

一通り説明すると、ゲルデは首を横に振った。

「ボスは、アンタたちには言わない決断をした。アタシから言えることはないねぇ」

「おいおい、オレたちは仲間外れってことかい」

「それが、あの娘の覚悟ってことだろうよ」

「…………………………」

口を割らせることはできず、ルーカスは不満げに唇を尖(とが)らせる。

ゲルデがそう決断したのなら、ルーカスには手の施しようがない。彼女はルーカスの手の内を把握している。十年以上の付き合いだ。

収穫もないわけではない。

――『焰』のボスは、仲間にさえ相談できないほどの難題に巻き込まれている。

その事実は一層、ルーカスの胸を焦燥で満たしていた。

「あー、クッソ。気に食わねぇぜ。こうなったらクラウスとヴィレを誘って、大暴れしちゃおうかなぁ。みてろよ？　オレらが本気を出せば、この国の政治家を全員アフロヘアーにだってできんだぜ？　オレたちの全力抗議に恐れ慄け！」

腕を大きく回し、部屋から飛び出していこうと考えた時だった。

「――例の計画はライラット王国から始まった」

突如ゲルデの声が聞こえてきた。

ん、と視線を向けると、観念したように溜め息をつくゲルデの姿があった。

「ただの独り言さね……今のアタシに明かせるのはそれだけさ……」

彼女はタバコを二本同時に咥えると、ライターで火をつける。

「今『焔』は大きな岐路に立たされている。アンタの心配は嬉しかったよ……」

彼女が吐く、細く長い煙を見ているうちに、ルーカスの覚悟は自然と決まった。

「婆さんの言葉で大体ピンと来たぜ。どうせ、この腐りきった王国が良からぬことを考えてんだ。ボスも、ギードさんも、巻き込まれている」

隠れ家でスージーを寝かしつけたところで、二人は計画の第一段階終了の功を互いにねぎらった。イザックのアジトから盗んできた高級ワインをグラスに注ぐ。

ルーカスはそれを一気に呷(あお)って、髪をかきあげた。

「なら、オレたちがやることは一つだ。元々気に食わねぇんだよ、この国は」

二人は独断でライラット王国に忍び込んでいた。『焔』のボスにも明かしていない。一か月程で終わる任務を「一年かかる」と嘯(うそぶ)き、この国で生活を続けている。

もちろん、そんな暴走に気づかないボスではないはずだ。

あえて見逃しているのか。それとも気づかぬ程、事態は切迫しているのか。

ルーカスの強い決意に、ヴィレが苦笑する。

「……ホント、バカだね。兄さんは」

「お前だって付いてきてんじゃねぇか」

「だって兄さん一人じゃ無理だし」

「……冷静な判断、助かるぜ。オレは弟に恵まれている」

「――極上だね」

「――極上だぜ」

ルーカスは薄く笑った。

「全賭け(オールベット)だ。『焔』を守るためなら、オレは全てを賭けてもいい」

『焔』における、ルーカスのポジションはまさに中核。

誰よりも『焔』の中心にいた。優れた工作技術を用いて、フェロニカやギード、ゲルデをサポートし、その一方で、まだ経験の浅いハイジやクラウスを導いてきた。行く行くは『焔』の次代ボスとして期待されていたスパイ。そして弟であるヴィレは、そんな兄に付き従ってきた。

だからこそ二人はライラット王国で動き始める。

「やってやんぜ。オレたちはこの王国を――」

奇(く)しくも言葉の続きは、二年後、ある二人組の少女が引き継ぐことになる。

世界大戦から九年後、『焔』の双子はライラット王国で暗躍を始めた。

世界大戦から十年後、『焔』は『炬光(きょこう)』のギードと『蛇(へび)』の計略により壊滅。生き残った『燎火(かがりび)』のクラウスにより、『灯(ともしび)』が結成される。

世界大戦から十一年後、多くの任務を成し遂げ、『蛇』を打倒した『灯』は、マルニョース島にてバカンスを満喫する。

そして更に一年の時が流れ、世界大戦から十二年後——新世代の二人組が動き出す。

朝の寂寥には、すっかり慣れてしまった。

寝ぼけ眼のまま洗面台の前に進み、顔を洗う。冷たい水が飛んで、襟元までぐっしょりと濡れてしまう。寝室に戻って、湿った寝間着を脱ぎ捨て、指定の学校制服に袖を通した。ピンと張った学校指定のリボンが皺になっていたので、指で強く引っ張り伸ばしてみたが、どうしても皺が残ってしまい、予備のリボンをタンスから取り出した。

ここはライラット王国首都ピルカのボロアパート。

カーテンを開けると、強い朝日が差し込んでくる。

まだベッドに残っている同居人は不愉快そうに呻き、光から逃れるように身体を丸め、ベッドの隅に寄った。

一向に起きる気配のない同居人に呆れつつ、部屋に置かれた鏡の前に立った。

鏡には当然いつもの自分の姿が映っているが、この日は少し違って見えた。

「ん？　エルナ、ちょっと身長が伸びたかもしれないの」

エルナは鏡の中の自分に感心する。

ここ最近は短く切った髪ばかり意識していて、中々別のことに気が付けなかった。スカートから覗(のぞ)く足は、この国に来た当初よりずっと露出している。

それもそうか、と思わず一人呟いた。

——スパイ養成学校から『灯』にスカウトされてから、二年が経過した。

生物兵器『奈落人形(ならくにんぎょう)』に関わる任務に二か月、暗殺者『屍(しかばね)』任務で一か月強、ムザイア合衆国での『紫蟻(むらさきあり)』任務で一か月強、その後はバタバタと三か月が過ぎ、極東で『鳳(おおとり)』と対立し和解し、そして一か月の蜜月を過ごし、フェンド連邦でのＣＩＭや『蛇』と絡(から)んだ謀略戦を繰り広げ、休暇を取り、そこからライラット王国に一年、滞在している。

『灯』加入当初十四歳だったエルナは、今は十六歳。

身長も伸びるだろう。

「の！」

ガッツポーズを決めたところで、まだ布団(ふとん)に包(くる)まる同居人に声をかける。

「アネット、起きろなの。これ以上は遅刻するの」

ベッドに近づき、アネットの身体を揺する。

「…………俺様、今日も午前はお休みします」

思わず溜め息をついていた。

「そろそろ退学処分を喰(く)らう頃なの。留学生がほぼ毎日寝坊なんて、前代未聞(ぜんだいみもん)」

「エルナちゃんが真面目すぎるんです」

「…………むぅ」

「俺様を見習ってください…………ぐぅ……」

こうなったらテコでも起きない。

アネットに付き合っていたら、エルナまで遅刻しかねない。パンとスープだけの朝食を終え、さっさと学校へ向かうことにした。

聖カタラーツ高等学校の交換留学生。

それが現在、エルナたちの身分だった。

さすがに一年も通学していると、通学路の光景も慣れてくる。学校に近づいてくるにつれて、知り合いが数人歩み寄ってきて「おはようございますわ」「今日もお綺麗ですわね」と品のある声音で挨拶をしてくる。

女子校なので全員、エルナと同じ制服を纏う少女だ。

「ん、おはよう……」

エルナもまた小さく挨拶を返した。

人とのコミュニケーションが不得手なエルナにとって、学校生活は大きな不安を抱えていたが、今では友人もできていた。

不幸体質――ということにしている自罰体質も、ここ最近は自己肯定感の高まりもあって、徐々に改善している。不幸の予兆を感じ取る能力は残っているが、不用意に周囲を巻き込むことはない。

それさえなければ、エルナは少し口下手な、人形のように可愛い女子生徒だった。

他の女子生徒がにこやかに笑いかけてくる。

「聞きました？　来月のホームカミング。今年はかなり大規模に行うようですわ。準備が忙しくなりそうですわね」

「むぅ、来月はテストもあるのに……」

「まったくですわね。あ、そういえば駅の方に美味しそうな店ができましたわ。かの有名なシェフ、ショーン＝デュモンが監修しているそうです」

「ん、それは行きたい」

「ふふっ、顔が輝いていますわよ」

どこにでもあるような、長閑な学生同士の会話。

この生活をエルナは気に入っていた。ふと寂しさを抱える時もあるが、同年代の少女たちと一緒に学業に励んだり、放課後に遊んだりする時間も嫌いではない。

しかし時折、壁を感じる時もある。

「――まぁ、アレを見て」

一人の女子生徒が不愉快を隠さずに声をあげた。

学校の門の前には、ボロ衣を纏った男性が座り込んでいる。目の前に空き缶を置き『金か仕事をくれ』という看板を手に持っていた。

聖カタラーツ校の門の前には、生徒を送り迎えする車が連なっている。ドライバーを務めている男に、ボロ衣の男は媚びるような視線を送るが、誰も相手にしない。生徒たちも無視するように目線を合わせず、校門の中へ入っていった。

「まったく、路上生活者ですわ」

「汚らわしい。学校の警備員は何をやっているのかしら」

「朝から不愉快ですわね。あぁ、呼吸をとめて進みましょう」

エルナの周囲の女子生徒は露骨に嫌悪を滲ませる。

おそらく声は男にも届いているだろう。それを理解して喋っているのだ。

「…………………………」

これもエルナには慣れた日常だった。

聖カタラーツ高等学校に通う生徒の大半は、貴族や資本家の娘たちだった。多額の寄付金を支払わなければ、入学さえできない。上流階級のための学校。

彼女たちが庶民に向けるのは、差別感情。

身内で批難しあうこともない。彼女たちにとって当然の行動で、そこには悪意さえ乏しい。あるのは『朝から不快なものを見せやがって』という被害者意識。

そしてエルナもまた他の女子生徒と同じように、男の横を通り過ぎる。

「…………ごめんなさい」

辛うじて、呟いた言葉。

他の女子生徒が不思議そうに首を傾げた。

「ん、何か今――」

「なんでもないの」

咄嗟に誤魔化し、首を横に振る。

突如女子生徒が「キャアアアッ！」と甲高い歓声をあげた。

「皆さん、今の聞きました⁉」「『の』ですわ！　あの至宝の『の』を聞けましたわ！」

「あぁ、今日はなんとラッキーなのでしょう！」「の！　のおぉ！」

「…………………………」

盛り上がるクラスメイトを見て、思わず口を噤んだ。

そもそも「の」という口癖は自らを幼く見せるために、無意識的に染みついてしまったものだ。幼気な少女を装い、見舞われる不幸を自演することが彼女の処世術である。

しかし、もうエルナは十六歳。

そろそろ「の」は封印しなければ、と毎日自分に言い聞かせて生きているが、どうしてもたまに出てしまう。

エルナの活動は、夜になってから始まる。

聖カタラーツ高校に通うのは、あくまで正体を偽るためだ。学校には秘密にし、励んでいるアルバイト最中にようやくスパイとして動き出す。

バイト先は、ライラット王国内にある弁護士事務所。週四回の頻度で通っている。

「助かるなぁ。キミが来てから事務作業が一気に片付いた」

「ありがとうございます」

ガブリエル弁護士が感心するように手を叩き、エルナは恭しく頭を下げる。

若くして弁護士事務所を開業したガブリエル＝マシュは、人がよく、金にならない裁判でも何でも引き受けることで有名だった。目立った実績があるとは言い難いが、依頼を断ることはないため、毎日仕事が舞い込んでくる。

ただ整理整頓ができないので、事務所は常に散らかっていた。

エルナは書類をまとめて紐に綴じながら、頷いた。

「こちらこそ、学校に内緒で働かせていただいて助かっています」

「うんうん。いいんじゃなーい？　若い留学生がこつこつ頑張っている。これほど応援したくなる子もいないわぁ」

ガブリエルは鼻歌を歌いながら、裁判記録を読み込んでいる。似合わない髭を伸ばした三十四歳の赤髪の男。また他の弁護士が匙を投げた裁判を引き継いだらしい。妻がおり、ガブリエルが金銭に頓着しないので、よくケンカしている。

エルナは彼に一つの書類を差し出した。

「先生、この資料はどこのファイルに綴じれば……？」

「んー？」

ガブリエルはチラリとみて、すぐに理解したらしく笑った。

「あー、この件はねー、先週のやつだね。倉庫に猟銃を保管していただけで内乱準備罪で起訴されたから酷いもんだ。王政府は、弁護するけど、有罪は逃れられないかもね。先月も同じ事例で懲役刑が下された。何をそこまで怯えているんだか」

頭の回転は速いが、口は軽い。あっさりと明かしてくれる。

これが、エルナが働いている理由だった。

マシュ弁護士事務所には、日々、多くの事件の記録が集まってくる。大抵は裁判で退けられている——つまり、庶民と上流階級との間に起きたトラブルだ。

他の弁護士事務所が敬遠する案件でも、この人のよいガブリエルは引き受けるのである。

エルナが整理する裁判に関わる書類には、その詳細が記されている。

——五月二日。タングテン通り二丁目の出版社モナンジュブックスに営業停止命令。王国検閲局の調査にて、刊行物五点が「王国の風紀を乱す表現物」に該当。社長及び役員は逮捕され、懲役刑を求刑される見込み。

——二月八日。首都西端、ジゴー陸軍中将の邸宅の壁に落書き。王国政府を非難する、グラフィティアート。匿名芸術家マキシムの作品とされる。近隣住民の男性が逮捕されたが、彼自身は容疑を否認。通例では罰金刑だが、検察では異例の懲役刑を求刑。

——四月七日、八日。トゥールク大学の教授と学生総勢十二人が、国家反逆罪で逮捕された。教授は講義中、政府への非難を繰り返し訴えていた。教授らは反政府をテーマとする映画を制作していたともされる。

ライラット王国で起きている反政府活動と取り締まりの闘い。

　ガブリエル弁護士自身に反政府思想はないのだが、他の弁護士が敬遠する仕事を引き受けた結果、これだけ集まった。

　当然、個人情報が記されている。弁護するためには名前、年齢、住所はもちろん、時に、その当人の経歴、人間関係まで知らなければならない。

　王国各地にいる反政府思想の人間、その膨大なデータが事務所にあった。

　エルナはそれらをこっそりメモに書き写していく。

（少しずつ集まってきたの。情報が——）

　既に半年以上働き、かなりのリストが出来上がっている。

　これをどうにかして仲間の元に送れないか、と資料を運んでいる時だった。

　——散らばった紙を踏んでしまった。

「のおおおおおおおおおおおおおおっ⁉」

「の？」

　紙が滑り、豪快に転んでしまうエルナ。

　ガブリエルが「大丈夫？」と駆け寄り、尻もちをついたエルナに苦笑する。

「キミは優秀なのに、たまにドジに見舞われるねー」

「不幸………」

エルナは溜め息を吐きながら、頭の上に乗っている紙を振り払った。

豪快に転んでしまったせいで、せっかくまとめていた書類を倒してしまった。たくさんの紙が綴じてあったファイルから溢れてしまった。

そして、その一枚を掴んで、これ幸いとガブリエルへ見せる。

「先生、この事案はどこの事件のものでしたか？」

「あー、それはねー」

ガブリエルはあっさりと解説してくれる。人当たりはよく、記憶力もいいのに、弁護士として守秘義務を履行する意志は著しく低い。

しかし彼のおかげもあって、エルナの諜報活動は順調に進んでいた。

弁護士事務所で記したメモは、家に持ち帰っていた。家でマイクロフィルムに転写するのだ。ゆえに帰路はトラブルに巻き込まれないよう、気を付けなければならない。

しかし、いつも二か所だけ立ち寄る場所があった。

一か所目はベーカリーだ。独身労働者向けに夜遅くまで開けている店に駆け込み、売れ残ったパンを買い占める。鞄(かばん)の他に両手でパンを抱え、都会の路地を進んで行った。

途中、息を吐いた。

（……毎日疲れるの）

昼間は学生生活、夜はアルバイト。しかもそれらはスパイとして、本当の姿を偽り、任務を果たすための行いだ。心を休める時間はまったくない。

だが、そもそもこれが本来のスパイの形だ。

これまで『灯(ともしび)』は二か月以上、一国に留まることはなかった。同胞の不可能を覆(くつがえ)すために世界中を移動する、というチームの特性上の理由だ。

周囲全てを欺き続ける、スパイとしての孤独に苛(さいな)まれる。

アネット以外の『灯』メンバーとは、しばらく会っていない。

（……でも大丈夫なの。ボロは出していない。このまま少しずつ――）

パンの匂いを嗅ぎながら、自らを励ましていた時だった。

「――ここに何をしにきた？」

裏路地に入ったところで、背後から声をかけられた。

物陰に身を潜ませていたようだ。三人の軍服をまとった男たちが、エルナの退路を塞ぐように立っている。

先頭に立っているのは、スキンヘッドの男性だ。彫の深いせいで目が浮き出るように飛び出ている。静かな殺気を醸（かも）しながら、立ち止まったエルナに歩み寄ってくる。

「『創世軍』ニルファ隊の者だ。ただの留学生がこんな裏路地に何の用だ？」

エルナは軽く唇を噛んだ。

『創世軍』――ライラット王国の諜報機関。

上流階級に寄生し、優れた防諜（ぼうちょう）技術により国内の反乱分子を潰す者たち。

ニルファ隊という名前も知っている。この地域で反政府思想の人間を弾圧している集団だ。ガブリエル弁護士の裁判記録にも幾度となく登場している。

弱々しい少女を装い、目を伏せた。

「この人たちにパンを……」

そう、エルナが訪れていたのは、朝に見かけたような路上生活者が集っている裏路地だった。彼らは毎日食べるものさえ困り、路地に集い、残飯を漁（あさ）ったり教会に恵んでもらったりして、命を繋（つな）いでいる。

エルナの周囲には、既に四人、清潔とは言えない衣類を纏（まと）う男や子どもが集まっていた。

このパンにありつけなければ餓える者たち。中には反政府思想のため逮捕され、職と住居を失った者もいる。これもまた弁護士事務所で知ったことだ。

ニルファ隊の男たちは分かっていたように頷いた。

「その通りだな。調べがついている。お前は夜な夜な、売れ残ったパンを買い占め、ここらの者に譲り渡している。健気なことだな」

彼らの口元が嘲るように歪んだ。

「――肥溜めのゴミ共に餌を与えて、何になる？」

「…………っ」

カッと顔が熱くなる。

これが彼らの意識だと理解していても、なお度し難い。

「聖カタラーツの留学生だろう。勉学に勤しめ」

三人のリーダーらしき男が、エルナを侮蔑するように目を細める。

「お前が弁護士事務所でアルバイトをしていることも分かっている。理解に苦しむな。せっかく稼いだ金をドブに捨てるとは」

「っ、この人たちは――」

「努力を欠いた怠惰な者だ。今ここで暮らせるのは、高貴なる方々が、ガルガド帝国の鬼畜どもを追い払ったがゆえ。その感謝を忘れ、悪臭をばら撒いているゴミ共だ」

三人は路上生活者たちを手で追い払い、エルナを取り囲んだ。

「――取り調べを行う。両手をあげろ」

苛烈な尋問が始まろうとしていた。

彼らの腰元には拳銃が見えた。月光を反射し、銃身が鈍く光っている。

「お前みたいな輩が、この国に牙を剝き、我々に刃向かう愚者の芽となるのだ。よもや他国のスパイではあるまいな?」

取り調べという名のリンチだろう。

これも珍しいことではない。上流階級の人間は、反政府思想をもつ人間に『創世軍』を派遣し、罵声を浴びせ、恐怖で心を萎縮させる。

実際、反政府思想の人間が他国のスパイと繋がりやすいのも間違いではないのだろう。刃向かえない者は他国のスパイに、この国の体制を脅かしてほしいと願う。だが、それがむしろ『創世軍』の活動に大義名分を与えてしまう。

「少しでも怪しい動きをすれば、反逆者として死罪とする。その一人になりたいか?」

下卑た笑みを見せる男。

エルナは背中に冷たい汗が伝う。

（襟元には、リストをまとめたメモがあるの……）

靴には入れていない。服の見えない場所にポケットを作り、収納している。どれだけ身体を弄られても見つけられないはずだ。

（だから我慢すれば、多少の辱めは――）

男たちの瞳には、少女を甚振りたいという下劣な欲望が透けてみえた。十六歳となったエルナは身体つきもまた、大人の女性に近づいている。

しかし抵抗は悪手だ。

ここで我慢すれば、エルナのスパイ容疑は晴れる。それでいい。

女スパイとして覚悟していたことだ。適当に男たちの欲望に付き合ってやれば――。

「いっ、いえ、その子は無実です……っ！」

予想外の方向から声が聞こえてきた。

エルナがパンを譲り渡そうとしていた路上生活者の青年だ。声を震わせながら、媚びるような目で『創世軍』の男たちに訴える。

「ただ優しく、我々に食べ物を恵んでくれる子です。王様に盾突くようなことは――」

「臭い息を吹きかけるなぁ！」

ニルファ隊の男が、路上生活者の男の頬を張った。

暴力に躊躇がない。素早い裏拳が叩きこまれ、大きな音が鳴った。

「なるほど、この少女はゴミ共の心を掌握し、我々に盾突こうというわけだ。公務執行妨害に加えて、内乱準備罪。我々は治安維持法四条に乗っ取り、逮捕権を行使する」

語られる言葉に、エルナの身体からすっと熱が消えた。

「さぁ！　貴様もギロチンに——」

「——お前が黙れ、なの」

激昂する男の鳩尾に肘打ちを入れる。

敵は三人。エルナが真っ先に倒したのは、スキンヘッドの中央にいる男。

意表を突いた攻撃に、相手は呆気に取られたようだ。行動が遅い。

エルナは拳銃を取り出そうとする右側の男の腕を摑み、肘を極め、彼が摑んだ拳銃を奪取する。そのまま男の身体を盾のようにして回り込み、左側の男の肩を射撃する。

相手の混乱の隙を逃さず、エルナは宣言する。

「コードネーム『愚人』——尽くし殺……」

「この小娘があああっ！」

スキンヘッドの男が怒号と共に、前蹴りを放ってきた。

肘打ちで気絶したと思ったが、紙一重で衝撃を緩和されたらしい。

「っ！」

拳銃は間に合わず、エルナは腕で蹴りを受け止めるしかなかった。しかし、鍛えられた男の一撃を防ぐには、エルナの身体は軽すぎる。

大きく後ろに吹っ飛ばされ、レンガの壁に後頭部をぶつけた。

（不幸…………っ）

やはり格闘では、男たち三人相手は厳しい。

打開できるとすれば、自身の特技だが、元々そんな使い勝手のいいものではないのだ。

事故や悲劇が起こる場所を察知できるだけ。

しかし今この近辺に、そんな都合のいい場所はなかった。

（不幸の予兆がない……っ。ここには全く――）

感知するように鼻を動かすが、うまく感じ取れない。

自分の感度が弱まっているのか、と訝(いぶか)しむ。思えばエルナを待ち受けていた、ニルファ隊の者たちの殺気には気づけなかった。

打開の術(すべ)は、ない。

「この反逆者がああああああぁっ！」

スキンヘッドの男はそんなエルナめがけて、拳を振り上げていた。

ギリギリで避けようと、身構えた時だった。

――男の振り上げる右手に、一本のナイフが突き刺さった。

現実を疑うように『創世軍』の男たちが声を漏らす。

どこからか飛んできたナイフが男の手を貫通している。骨ごと貫いたようだ。

「なんで、ゴミごときがこんな武器を……」

愕然と男が口にする。

状況が分からなかったが、彼の後方を見て、理解する。

ナイフを放ったのは、先ほどエルナを庇った路上生活者の青年だった。彼の手には、銃のような武器が握られており、形状からして、そこからナイフが射出されたらしい。

彼は怯えるように荒い息をして『創世軍』の男たちを睨みつけている。

確かに武器を有しているようには見えない風貌だったが――。

「俺様からのプレゼントですよっ」

上空から弾んだ声が聞こえてきた。

ハッとして上に視線を移すと、建物の屋根に立っているアネットの姿があった。

エルナと異なり、身長は二年前からあまり伸びていない。しかし乱雑に縛っていた髪は一層うねるように伸び、グレーの大きな帽子が、より不気味で異様な彼女の雰囲気を醸し出している。

「事前に配っておきましたっ。エルナちゃんが危険なことをしているのでっ」

唖然とする『創世軍』の男たちの前に、彼女はワイヤーにぶら下がり降りてくる。

どうやら彼女は、この展開を予想していたらしい。

不幸の予兆がなかったわけだ、と納得する。

今胸に生まれるのは、むしろ、これから死にゆく『創世軍』の男たちへの哀れみだ。

「なんだ、貴様は……」

スキンヘッドの男は、ナイフで貫かれた手を押さえながら、突如現れたアネットに困惑したように眉を顰める。

「貴様、我々に逆らってどんな目に遭うか、理解して——」

「大変ですよね。だから俺様、良いアイデアを思いついたんです」

アネットはパンッと高らかに両手を叩いた。

「――悪いことをするなら、みんな一緒に！」

それは号令だ。

アネットに促されるようにして、路地のあちらこちらから人が現れた。エルナがパンを配り続けた路上生活者たち。老若男女（ろうにゃくなんにょ）問わない。三人、五人、七人、九人と数は増えていく。共通して言えるのは、皆、手にアネットが配った銃のような武器を握りしめていたことだ。

状況を理解したのか、『創世軍』の男たちが悲鳴をあげる。

既に包囲は終わっている。もう彼らに逃場はない。

「さっ、全員一斉に引き金を引いてください。さもなくば、全員殺されるだけですよ？」

アネットが、集まった路上生活者たちに笑いかける。

中には怯えを見せる者もいたが、その脅迫が躊躇をかき消したようだ。

「秘武器（ラストコード）《我楽多（がらくた）》――崩れ醒（さ）める世界にしましょうっ」

それは、かつてマルニョース島の海軍基地で開発された電磁石を用いたものだ。ボタン電池のように小型だが、強力。アネットは自身の発明品全てに仕込める。アネットがリモコンにより磁力のオンオフを切り替えることで——他人の殺人を補助する。

今回アネットは、それをナイフが射出される特製銃に組み込んでいた。

——一般市民に人を殺せる力を与える道具。

路上生活者たちの銃から放たれたナイフは、最初にスキンヘッドの男に突き刺さったナイフが放つ磁力に引かれるように飛び、身体に深く突き刺さった。取り囲まれた『創世軍』の男たちに逃げ場はない。一度でもナイフが刺されば、後は磁力により、二度目三度目のナイフは必中と化す。全身を串刺しにされ、男たちの血が路地に飛び散っていく。

その間、アネットは何をすることもない。路上生活者たちが日頃の鬱憤を晴らすように、『創世軍』の男たちにナイフを突き立てる光景を、ただ黙って見学していた。

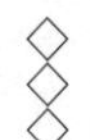

「…………かなり凶悪なの、お前は」

「んん？　エルナちゃん、怒ってます？」

「いや、いいの。元はと言えば、エルナが迂闊だったの。すまなかったの……」

難所を乗り越えたが、直後に襲ってきたのは大きな悔恨だった。

――三人の『創世軍』の人間を葬った。

殺人である。エルナが直接手を下したわけではないが、その事実がまず胸にくる。無論、相手も無実の者を殺してきた人間ではあるが。

そして、一度『創世軍』にマークされたという事実が差し迫っていた。

「もう宿にも学校にも戻れないの」

指名手配は確実だろう。

もちろん現場の路上生活者も殺人に関与しているので、言い触らすことはないはずだ。

それでも、もう穏やかな生活は送れまい。

「……居場所を変えて、しばらく潜伏するしかないの」

「俺様、一度帰国するのもアリだと思いますっ」

返り血を拭っているアネットが笑いかけてくる。

それは妥当な提案だった。

暮らす場所もなくなってしまった以上、今のエルナたちは路上生活者に等しい。『創世軍』の捜査が及ぶ前に、さっさと宿に保管している荷物を回収して、帰国するべきだ。

強く唇を噛みながら、首を横に振る。

「有り得ない。せんせいから言い渡された仕事はまだ残っているの」

任務をほっぽり出して逃げ帰るわけにはいかない。

脳裏には、あのバカンスで誓い合った夜がある。

「お姉ちゃんたちやせんせいには頼らないの。皆で決めたの。散らばって動いて、それぞれが最善を成し遂げる」

『灯』結成から二年の月日は、エルナに大きな変化を授けていた。

仲間と肩を組んで乗り越えた訓練と任務の一年、そしてアネットと二人で異国の地で奮闘してきた孤独の一年。

もう誰かに守られるだけの子どもではない。

「――エルナたちだけで『創世軍』と立ち向かうの」

アネットが、待っていた、と言わんばかりに歯を見せる。

「俺様っ、エルナちゃんと二人でやれることをずっと待っていましたっ」

無邪気に白い歯を見せ、ワクワクしている様を見せてくる。

昔では有り得なかった組み合わせだ。日常生活では一緒に行動しがちなエルナとアネットではあるが、任務となると、大抵は別の少女とコンビにさせられた。

二人が連携し、一つの任務に挑むのは、いわばこれが初めて。

そして、それに相応しいほどの超高難度任務が与えられていた。

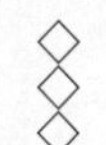

革命が潰えた国――ライラット王国。

半年前、ライラット王国グラニエ中将が試みたクーデターは失敗に終わった。『創世軍』のスパイマスター『ニケ』は、基地から送られる報告書の微細な違和感を見抜き、自ら乗り込んだ。グラニエ中将の腹心の部下を寝返らせ、情報を吐かせていた。

グラニエ中将は裁判の末、死罪が決定。ギロチンにて公開処刑された。

この国での市民革命は『不可能』と言われ続けている。

そう知りながらも『灯』は動き出す。

世界の裏で進行する陰謀――《暁闇計画（ノスタルジア・プロジェクト）》の真相を摑（つか）もうとすれば、ライラット王国の首相に接近するしかない。だが不用意に近づけば『常勝無敗の謀神』こと『ニケ』に殺される。彼女との正面衝突は最後の手段にしなくてはならない。

――首相に接近するには『創世軍』の弱体化が必須。

――『ニケ』でさえ手に負えない程の混乱を引き起こす。

クラウスは悩み抜き、決断を下した。どれだけ遠回りであったとしても、避けては通れないと判断。幸い火種は無数に転がっている。

それは――かつて『焔』の双子が試みた目標と同一。

「――革命なの。エルナたちは、ライラット王国政府を転覆させる」

かつて『煤煙（ばいえん）』のルーカスが行った宣言を、『愚人（ぐじん）』のエルナもまた口にする。

たった二人の少女が、一国の政府をひっくり返すために動き出す。

あとがき

９巻のあとがきで語ることではないですが、８巻執筆時のことを述べさせてください。

８巻執筆時は、ちょうどアニメ『スパイ教室』の制作がすくすく進んできた頃でした。絵コンテも続々と出来上がり、設定もだんだん出来上がり、たくさんのグッズ化案などがやってきた時期。原作者としては幸せなことですね。私の方も監修として参加しておりますが、ほとんど「完璧です」と答えるくらい、良いものが仕上がってきました。感謝。

またアフレコが始まったのも、この頃。基本私はリモート参加ですが、初回はスタジオに訪れました。人生で初めて生で見る声優さんとアフレコにワクワクして待機します。

関係者：「では竹町先生。声優さんが来たら、それぞれのキャラを語ってください」

竹町：「え⁉」

軽く挨拶するくらいに思っていたので、動揺してしまいました。ただ冷静に考えれば、当然。設定は声優さんへ事前に届いているとはいえ、作者自らが目の前にいるのだから。相手も厚意で振ってくれたのでしょう。それはそうと膝が震えました。何を話そう？

とにかく「このキャラの魅力は第三者に、どう説明すれば伝わるんだ？」「この子の物語上の立ち位置とは？」と改めて考えさせられた、アニメ制作でした。

その思索の末に生まれたのがこの９巻。シリーズの後半戦に向けて、改めてキャラの心情や目的を整理するためのバカンス回。いかがだったでしょうか？　セカンドシーズンが重すぎたので、こういうエピソードも挟まねば、という気持ちもありました。

以下は謝辞です。まず「サードシーズンからキャラの外見を変える」という無茶ぶりを叶えていただいたトマリ先生、ありがとうございました。そして、新たにデザインしていただいた『焔』の双子が大好きです。最高にカッコイイ兄貴分たちです。

そして現在11月下旬の今も、全力でアニメ制作に取り掛かってくれているスタッフの方々にも、あえてこの９巻のあとがきで改めて感謝を示させてください。設定や絵が送られてくる度に「原作者の脳内映像より面白い」と呻きました。悔しいですが完敗です。

そういえば、この９巻が発売される頃には、もうアニメ放送も始まっているのですね。世間はどんな反応で受け止めているのでしょうか。緊張してきます……。

そして、もちろん原作小説の方も続々と展開されます。次はとうとう物語が動き出す、10巻——の前に短編集４巻が先かも。まだまだドラマガ連載分が溜まっているのです。

竹町

スパイ教室(きょうしつ)09
《我楽多(がらくた)》のアネット
令和5年1月20日　初版発行

著者——竹町(たけまち)

発行者——山下直久
発　行——株式会社KADOKAWA
〒102-8177
東京都千代田区富士見2-13-3
0570-002-301（ナビダイヤル）
印刷所——株式会社暁印刷
製本所——本間製本株式会社

※定価はカバーに表示してあります。
●お問い合わせ
https://www.kadokawa.co.jp/（「お問い合わせ」へお進みください）
※内容によっては、お答えできない場合があります。
※サポートは日本国内のみとさせていただきます。
※Japanese text only

ISBN978-4-04-074766-8 C0193 ◇◇◇